Heibonsha Library

ロレンス幻視譚集

D.H.ロレンス著
武藤浩史編訳

平凡社

本訳書は平凡社ライブラリー・オリジナル版です。

目次

人生の夢……9
喜びの幽霊……51
トビウオ……143
メルクール山上の神メルクリウス……181
微笑み……191
島を愛した男……203

もの……253
バヴァリア竜胆《りんどう》……275
死の舟……279
訳者解説　武藤浩史……291

人生の夢

帰郷ほど憂鬱なことはない。そこはわたしが生まれて人生の最初の二十年を過ごしたノッティンガムシャー州とダービーシャー州の境界に位置するニューソープという炭鉱町だった。人口は増えたが大したことはなく、炭鉱の産出量も今は少ない。だが、様子は変わった。ノッティンガムからの市電が大通りを走り、ノッティンガムやダービーに行くバスの便もある。店はより大きく、表の板ガラスが立派になり、映画館が二軒とダンスホールが一軒できていた。

けれども、イングランド中部のきたなくさもしく貧しい雰囲気をまぬがれることはどうやってもかなわなかった。スレート屋根の狭くきたない煉瓦造りの家が立ちならび、小ささと卑しさとさもしさと底なしの醜さが全体を覆い、真面目に教会に通うようなお上品さと表裏一体を成していた。わたしが子どもの頃と同じだが、ただ一層ひどくなっていた。

今では、すべてが、飼いならされている。経済が成長気運だった三十年前も状況は悪かったが、当時の炭坑夫はすごくお上品というわけではなかった。パブで紫煙をくゆらせ、悪態をつき、犬を後ろに従えて闊歩した。中部地方の墨をながしたような夜やサッカーに沸く土曜の午後には、野性と矜持と闘魂が息づいて、この世のものならぬ胸おどる冒険の感覚があった。炭鉱と炭鉱にはさまれた野には半ばほったらかしにされた激しい孤独の美があって、密猟する坑夫がウィペット犬〔グレイハウンドの血を受けついだ中型狩猟犬〕を連れてゆく姿がそこここに見られた。たった三十年前の話だ！

今ではすっかり変わった。今の坑夫はわたしと一緒に学校に行った同世代だ。それも信じがたい話だ。子どもの頃はやんちゃなあばれん坊だったのに、小学校や日曜学校や少年禁酒団、そして何よりも母親が、彼らの牙を抜いてしまった。牙を抜いて、飼いならしてしまった。酒を飲まない真面目で品のいい男に、良き夫に仕立て上げた。わたしが子どもの頃、良き夫は例外的な存在だった。悪い夫に悩む女たちは良き夫を模範として褒めそやしながらも、尻に敷かれた弱い男としてかすかに軽蔑していた。

しかし、今の世代の男たちはほぼ全員が良き夫になった。街角には、きちんとした身だしなみの男たちが青ざめた顔で背を丸め、打ちのめされて立っている。父の世代の酔っぱらった坑夫たちは打ちのめされていなかった。今の世代のお上品な坑夫たちは完全に白旗を上げている。とても忍耐づよく、自制心もつよく、いつも理性に耳をかたむけて、自分のことは後回しにする。わたしと一緒に登校した悪ガキが、今では、こじゃれた娘や偉ぶっている妻や煙草をふかす息子のいる亭主となって、街角や小道の端に立っている。痩せて、安物のロウソクみたいに白く、自分を失くしてしまった亡霊みたいに立っている。上品で、忍耐づよく、表にしゃしゃり出ない男たち。彼らは戦争を体験し、最高賃金を体験し、それが今では落ちぶれて、すっかり打ちのめされて、ポケットには小銭さえない。金がないのは父の世代と同様だが、われわれの将来には希望がなく、生きてゆくのにお金がかかる時代になっている。

わたしが子どもの頃の男たちはまだ「いい日が来るぞ、ほい、いい日が来るぞ！」と歌っていた。そのいい日はたしかに来て、そして去った。今のご時世ならば「悪い日が来たぞ、ほい、そして、もっと悪い日が来るぞ」と歌うべきだろう。だが、今の世代の男たちは口をつぐんだままだ。打ちのめされた良き夫になってしまった。

次の世代はまた違ったものになるだろう。母親が自分というものを意識するようになるとたちまちのうちに、息子は母親の望みどおりの息子になる。わたしの母の世代は、真に自分を意識しはじめた最初の労働者階級の母の世代だった。祖母の世代はまだ祖父にすっかり抑えつけられていて、女が牛耳ることに対して男たちの反発もつよかった。だが、次の世代になると、女たちはすくなくとも精神的には夫の支配から自分を解放して、あの偉大かつ強大な人格形成システムたる「現世代の母」と化した。今の世代の男たちの性格の九割は、この母によって作られた。女たちも然りである。

それでは、それはどんな人格なのだろうか？　わたしの母の世代の女性は、パブで自分だけ楽しんで貴重な生活費を浪費してしまうような、よくある頑固な暴君タイプの亭主に反発していた。女たちは自分のほうが道徳的には上だと感じていた。たしかに、経済的な観点からは、正しかった。だから、妻が家族に対する責任を担って、夫もそれを許し、その結果、女性が次の世代の性格を決めることになった。

言うまでもなく、自分の満たされない欲望の形にそって、決めたのである。彼女がずっと欲しかったものは、「良き」亭主だった。やさしくて、分かってくれて、道徳的で、パブに行って酒を飲んだり生活費を浪費するのではなく妻と子どもたちのために生きてくれる男だった。

ヴィクトリア朝後半のイギリスのたくさんの母たちは知らず知らずのうちに、息子を型にはめた。そして、何百万という良き息子を生み出した。妻と家族のために生きる堅実な良き夫になろうとする良き息子たちだ。さあ！　できた！　わたしと同世代の男たちだ。四十と五十のあいだの男たちだ。そのほとんどが「偉大なる」母を持つ男たちだ。

それから、娘たち！　男を無数の「良き息子たち」と未来の「良き夫たち」に育てた母親は、言うまでもなく、同時に、娘たちも生み出した。息子ほど気にかけなかったし、我意をふるってコントロールしなかったかもしれないけれども、それでも避けがたく、現代の娘たちを生み出した。

さて、どんな娘たちが、道徳的責任を担った母から生まれたのだろうか？　ご想像どおり、自分の道徳観に自信を持った娘たちが生まれた。母たちは自らの道徳帝国主義の拡張に、若干の躊躇があった。だが、娘たちは自信満々だ。自分は常に正しいと思っている。偉そうだったり、切なそうだったり、いろいろな形をとってはいるものの、自分は絶対に正しいという感覚にくるまれて生まれてきた。そして、母乳とともに、「自分は正しい、まちがいなく正しい、だれにも異を唱えさせない」という感覚をさらに吸収した。それは生まれた時に目が一つだったというような避けがたい事態だった。

わたしたちは祖母の正夢である。この恐ろしい真理を決して忘れてはいけない。祖母が夢見たのは、「けがれない」世界に住む女性の素晴らしい「自由」だった。その女性は「彼女にぞっこんの慎み深く高潔な」男に取り囲まれていなければいけなかった。母の世代がその夢を実行に移しはじめた。わたしたちはその果実である。わたしたちは祖母の夢の結実である。

たしかに、今は「自由な」女性と救いがたく「けがれない」世界とあきれるくらい「彼女にぞっこんの慎み深く高潔な」男の時代になった。

わたしたちは祖母の正夢である。だが、世代が変わるたびに、祖母の夢の中身も更新される。わたしの母にしてから、理想の息子像をしっかり見据えながら、すでに或る種の奔放なドンファンのような人物を夢見はじめて、酒神ディオニソスのブドウの蔓《つる》が伸びてわたしたちのプロテスタント会衆派教会の説教壇に巻きつく姿を夢想していた。母の息子であるわたしには、このひそやかな夢が母の「良き息子」という公式の夢のすき間から小さな巻きひげをちょろちょろ伸ばしているのが見える。「良き息子」になるのがわたしの役割だったけれども、もう一つのひめやかな夢を実現させるのはわたしの息子の役目になるだろう。

と言っても、ありがたいことに、わたしにはこの面倒な仕事を担うべき息子がいない。ああ、すべての父が息子に次のような忠告を与えられたら最高だ――「せがれよ、よく聞け！お父さんの世代の男たちはみな、お父さんのお祖母ちゃんの正夢なのだ。おまえも気をつけるがいい！　お父さんのお祖母ちゃんが、母さんの母さんが夢見たことが、すっかりそのまま、若干の細部を除いて、このわたしになったのだ」

だが、娘たちは、娘たちの結婚生活は、母が達したところを出発点とする。だから、母の世代の娘たちの結婚は、大抵、「良き夫」を持つことから始まる。決して強く反対することなく「おまえの考えでいいよ。いつもどおり、おれがまちがっているんだ」というのが人生哲学の、わたしの世代の夫たちだ。

すると、妻の立場が前とまったく違ってしまう。手綱を手にするまで一苦労だったのに、いざ手綱を握ってしまうと、さあ、今度は、手綱に握られてしまった！　彼女が、この結婚という名の馬車の方向を決めて、どこかに連れていかなくてはならなくなった。夫たちは家庭のこととなると「おまえの考えどおりでいいよ！　おまえのほうがよく分かるのだから、おまえが決めればいいよ」と言うだけなのだ。そこで、決断に次ぐ決断が妻に求められるようになる。時折、夫が抵抗を見せると、手綱を締めて、夫に諦めさせればいい。

さて、この結婚という馬車を御するのも、子どもが小さかったりするあいだは結構な冒険かもしれない。だが、後になって、女はひそかにこう考えはじめるのだ――「結婚なんてうんざり！　自分の人生はどこにあるの？」何も得るものがない気がしてくるのだ。大したことない気がしてくるのだ。馬になって走るか御者席で手綱をとるかはどうでもよくなって、いずれの場合も結婚に縛られていることが問題になってくる。

それで、わたしの世代の女たちは息子について次のようなことを考えはじめる——息子にはお父さんみたいなみじめったらしい「善意」の人にはなってほしくないわ。もっと大らかに人生を楽しんで、女の人も楽しませてほしいわ。一体、結婚とか家庭とか何でしょう！女は五十になるまで、それにかかりきりで、五十過ぎたらポイ捨てされるの。嫌な話！わたしは嫌！わたしの息子は、もっと男らしく、お金も稼いで、女性を楽しませてほしい。良い人でも、正しくても、退屈なら嫌。正しいって結局何なの。楽しめる時に人生を楽しんだほうがいい。

かくして、次世代の息子たちが世に現れる。「いいお金を稼いで、自分もまわりもみな楽しませなさい。エンジョイせよ！」と命じる母の声が頭の奥から耳元でずっと鳴りひびいている。わたしに息子がいたら、そういう息子になっていただろう。

次世代の若者は、わたしの母がひそかに夢見たことを体現しつつあるのだ。ジャズっぽい乗りの良さはあるが——下品ではない息子。すこしだけドンファン風だが、希望も含めて言えば、乱暴なところ、粗野なところのない息子。もっとスマートで、あまり道徳的すぎない若者。それでも、女性の前では、とくに一番大切な女性の前では、腰の低い男であってほしい！

　こうして、わたしの母の夢が正夢になってゆく。

　だから、その次の世代がどうなるのかを知りたいのならば、あなたの四十前後の妻の秘密の夢を探ってみればいい。そこにヒントが見つかるだろう。そして、さらに詳しく知りたいのであれば、二十歳の娘の理想の男性像を探ればいい。

　ところが、かわいそうに、二十歳の娘には理想の男性像がない。だから、次の次の世代の人間は何者でもなくなるかもしれない。

　わたしたちは祖母の正夢である。坑夫さえも祖母の正夢である。ヴィクトリア女王の夢がジョージ五世となり、アレクサンドラ王妃の夢が今の皇太子になり、メアリー王妃の夢は、果たして——？

　さて、いろいろと思いをめぐらせてみても、わたしの故郷が死よりも憂鬱な場所になったという事実に変わりはない。祖母と祖母の世代全体には、もっとましな夢を見てほしかった。さいわいなことに「あの頃の娘たちはもう墓のなか」だけれども、祖母の夢は残った。実現してしまう夢を夢見るというのは恐ろしいことである。

　そして、若い坑夫が皇太子みたいにめかしこんで「坑夫の幸福《マイナーズ・ウエルフエア》」亭に一杯飲みに立ち寄ったり、バンドに負けないように夜会服でダンスホールに出かけたり、バイクにきれいな足の娘を乗せて泥道を突っ走ったりするのを見ると、わたしの母と母の世代にはもうすこしまっとうな夢を見てほしかったと思う。母たちは日々の生活ではあんなに謹厳実直だったのに、聖人みたいにすまして会衆派教会の席に座って、なんと浮ついた夢を見ていたことだろう。ジャズやミニスカートやダンスホールや映画やバイクのことを、自分でも知らないうちに夢想していたのだ。「恵みぶかき光よ、われを導きたまえ」と歌っていたら、ダンスホールに導かれてしまったのだ。昔の最も大切な思い出が苦々しいものになってしまう。モーゼの十戒の陰に「エンジョイせよ！」という第十一戒があったのだ。

ああ、そして、祖母の夢でさえ、いつも成就するとはかぎらない――その、つまり、状況が許さないことがある。本来は実現するはずのことなのに、長々と絡み合う諸事情というあの運命のドラゴンの邪魔が入ることがある。母はぜったいに清貧を夢見なかった。祖母は気高い貧乏を、つまり、このわたしのことを夢見たかもしれないが、母にとって、それはあり得ないことだ！　彼女が秘密裡に夢見たのは、純金のカフスボタンであり、シルクの靴下だった。

だが、運命という名の怪物が、それを不可能にした。炭鉱が操業停止になり、賃金が減らされ、支払いが滞っている。若い坑夫はダンスホール用の絹の靴下に穴があいても、新しいのを買えずにウールで代用するしかないだろう。そして、若い女性の毛皮のコートは——ああ！　一シーズンで毛が抜けてしまうリスやチンチラの儚《はかな》いものではなくて持ちの良いアザラシだったらいいけれども。

というのは、炭鉱で働くお父さんに新しいのを買ってもらうのを待っていたら、日が暮れてしまうのだ。お父さんが買い与えたくないというのではない。妻や娘を養ってやるのが男の甲斐性というものではないか。だが、石から血を抜きとることができないように、今のすかんぴんの坑夫から現金を絞りとるのはもはや不可能だ。

靄《もや》が出てしっとりとした十月のある日のこと、イングランド中部の濃い緑の野はいくぶん沈んで見えた。オークの木は茶色がかっていたし、粗末な家はますますみすぼらしく粗末に見えた。あたり一帯、火が消えて死んだようで、靄に濡れてかすかに黒ずんでいた。そこに暮らす人びとと一緒に土地も死ぬと言うと奇妙にひびくけれども、この土地はたしかに死んでいる。ひとかけらの生気もなく、死んだも同然である。子どもの頃ぶら下がって遊んだヒツジ橋は今では鉄製になっていた。小魚を捕まえた小川の川床も今ではコンクリート製になった。かつて自分たちも泳いだヒツジ池はなぜかなくなっていて、水車用の堰《せき》やそこから流れ落ちる小さい滝もなかった。今では、下水溝みたいに何でもコンクリートで固められている。人びとの人生も同様で、みんなが巨大な下水道みたいなコンクリートの溝を流れてゆく。

小さな子どもの頃に、棒を持った男が灰色の巨大な馬を使って無蓋貨車を入れ替えるのを座って見ていた機関車小路《エンジン・レーン》の踏切にも、貨車がなかった。十月ならば、何百という貨車がいるはずなのに、注文が来ない。炭鉱の操業はお昼で終わり。そして、今日は、まったく動いていない。男たちはみな自宅にいる。注文がなければ、仕事もない。

炭鉱はしずかに煙っている。石炭をふるいにかけるガラガラという音もなければ、真ん中の大車輪も回っていない。これが常に、日曜を除けば、凶兆であることは、子どもの頃も同じだった。空を背景に陽にきらめきながら回っている大車輪は、労働と、生活と、生きるために働く男たちを意味した。

ところが、その炭鉱が見知らぬ存在になった。立坑のまわりには、発電小屋など新しい一連の施設がたくさん建っていた。立坑そのものは昔と同じはずなのに、それも信じられなかった。小さい頃はその穴から坑夫を乗せた檻が不意にがしゃんと現れるのを待ちかまえていた。すると、灰を頭からかぶったような男たちが檻からぞろぞろ出てきて、自分のランプを元に戻し、重い足取りで家路についた。その耳元には石炭をふるうガラガラという音がずっと鳴っていて、空を背景に石炭の山の上をポニーが「ゴミ」樽を引っ張ってゆき山の縁《へり》から捨てる姿が見えた。

今は違う。すっかりよそよそしくなった。機械的に、抽象的になった。今の子どもは日曜の午後に石炭の「小塊」を立坑に落とすことなどしないだろう。耳をすますと、まず深いところの壁に当たって恐ろしい反響を引き起こし、最後に、底知れぬ底の水溜めにバシャンと飛びこむ音が聞こえた。父は、ぼくらが石炭を立坑に落とすと、いつもカンカンになって怒った。「だれかが底にいて当たったら、即死だぞ。そうなったら、おまえ、どう思う？」と訊かれたけれども、なんとも答えようがなかった。

だが、とにかく、ムアグリーン貯水池にも、昔の面影はなかった。開発されすぎていた。炭鉱を好むように咲いた秋のヤナギランの毛むくじゃらの叢も鋭く尖った花も、もはや炭鉱池のまわりや土手の上に見られなかった。今でもあるのは、黄色いスナップドラゴンの花だけだった。

小道がムアグリーン貯水池から延びていて、石切り場を通り、野を上り、野を抜けて、レンショー農場に至っていた。わたしの好きな散歩道だ。道のわきに古い石切り場があり、その一部はきわめて古く、深く、オークの木やテマリカンボクや絡み合うイバラにあふれていた。残りのひらけた部分は石を丁寧に積み上げただけの正方形の壁に四囲を仕切られ、畑の下に広がっていた。今でも底の地面はかなり平らで広々していた。このひらけた所は、春には野生のスミレで一面の青になった。秋になると、小ぶりなブラックベリーの木に美しい最初の実が実った。ああ、ありがたいことに、今はブラックベリーの季節の過ぎた十月下旬だ。もっと早い時期だと、バスケットを手に最後の実を求めてベリーの木をくまなく探す男たちの情けない姿が見られただろう。わたしが小さかった頃は、小さなバスケットを抱えて一粒二粒の実のために藪のなかを掻きまわすような大人の男の坑夫は、ひどくバカにされたものだ。だが、わたしの世代の男たちはプライドをポケットのなかに仕舞ってしまった。そして、今ではそのポケットが空になった。

この石切り場には、子どもの頃、よく通ったものだ。ひらけた所は陽当たりがとても良く、からっとしてて、温かかった。白っぽくかすかに砂まじりの土のうえに野生のスミレや早咲きのデイジーが咲いていた。だが、古い、深いほうはとても怖かった。いつも昏《くら》く――藪のなかに潜りこまなければならない。潜ってゆくと、人の目に触れたことのないスイカズラやナイトシェイドの花に出会った。陽の差さない方角には小さな岩のほら穴があった。子どものわたしはそこに毒蛇が住んでいると想像していた。

こういう岩の裂け目にできた穴は、マトロック〔ダービーシャー州のかつての温泉地〕名物の「永遠の泉」のような穴だという言い伝えがあった。マトロックでは、洞窟にしたたる水の下に、リンゴやブドウや、あるいはお望みならば自分の手を切り落として置いておくと、それらは腐敗せずに永遠の生命を得ると言われていた。スミレの花束を置いたとしても、それは枯れずに、永遠のものとなった。

大きくなって、ここから十六マイルしか離れていない、そのマトロックに行ってみた。悪名高い「永遠の泉」は、そこの水がありとあらゆる物体の上に灰白色の醜い外皮を形成するというだけのことだった。「石の手」とされるものも砂を詰めた手袋の「石化」に過ぎず、わたしは心底むかついた。だが、それでも、人の家に飾りとして鉢に入れて置いてある、半透明の紫色のブドウやレモンの「石の果実」を見ると、わたしは「永遠の泉」から取れた本物の果実ではないかとつい思ってしまう〔マトロックには石灰岩の洞窟があり、そこの水あるいは温泉水を物体にかけると、中のカルシウムが石化して、その物体の外殻のように固まり、物そのものが石化＝永遠化したように見える〕。

やわらかく静かな午後の石切り場は、あまり変わっていなかった。赤いイバラの実が静かにかがやいていた。この温かく静かな大地の秘密の場所にいて、わたしのなかに、敷居を越えた向こう側のもっと深くもっと光にあふれもっと静かな世界へ行きたいという、古い子どもの頃の夢が戻ってきた。

陽の光は入ってきていたけれども、すでに影は深くなっていた。それでも、わたしは、木々にあふれた石切り場の低い窪地の、昏い藪のなかに潜りこまずにはいられなかった。昔からずっと、そこに何かがあると感じていた。背をかがめて、あっちこっちと、手ごわい藪のなかをくねりながら進んでゆくと、不意に、地面がくずれ落ちる音が聞こえて、虚を衝《つ》かれた。石切り場のどこかで、崩落があったにちがいない。

その場所は、木々の根元の奥深くにあった。くずれ落ちたばかりの黄と白っぽい土と岩の新しい堆積があった。その小山のすぐ上に、斜めにまっすぐ裂け目のような小さな口があいていた。

興味を引かれて、目を凝らした。繁茂する草木のあいだに白っぽい新しい土と岩があり、その上に小さな口があいていて、地中につづいていた。オークの木の木漏れ日がわずかに生まれたばかりのその場所と口にそそがれていて、穴がきらめき、かがやいていた。小山をはい登ってどうしても中を覗きたくなった。

それは岩にできた小さな水晶状の穴だった。すみずみまで水晶のようだった。普通の岩のあいだに、小さな石英の子宮のような穴があって、白っぽくほとんど無色だった。マトロックでは小鉢や他のみやげ物にされる蛍石という透明感のある石だった。だが、縁が平らな無色の蛍石を貫いて、紫蛍石と呼ばれる貴石が、太い動脈のように横切って、うねりながら奥のほうに消えていた。

わたしは魅せられた。とくに紫色の血脈に魅せられた。ちょうどわたしが入れるくらいの小さな穴にどうしても潜りこみたくなった。光りかがやく岩は温かく生きているみたいで、穴のなかも温かそうだった。その岩は硬く光りかがやく生きた体のようで、ふしぎな香りが、フロックスの花のかすかな香りがするようだった。繊細で最も美しいひみつの香り、内面の香りだった。わたしはその小さな穴に潜りこむと、紫色の血脈が走る狭い穴の奥まで行き、巣に戻った動物みたいにそこで背をまるめた。「さあ、これでしばらくは安心できる。俗な世界はもう存在しない」と独りごちると、しっとりとしたふしぎな官能的気分に身をまるくした。フロックスの花のようなひめやかな命のふしぎな香りが、阿片やトリュフのかすかに麻薬めいたひみつの質とともに、とても強くなり、そして和らいだ。それから、どうも、眠りこんだらしい。

その後、どのくらい経ったのだろうか、一分かもしれないし、果てしない時が経ったのかもしれなくて、自分が持ちあげられる感触に目がさめた。やわらかく力強く、やさしく暴力的な、なかば吐き気をもよおさせるふしぎで奇妙な興奮をともなう動きで、心地よく自分が侵《おか》されるような小さくゆっくりしたリズミカルな浮揚感があった。目をあけることさえできず何もできなかったが、怖いとは思わず、ただ、すっかり、驚いていた。

それから、浮揚感が止まり、寒くなった。ざらざらした厳しい何かがわたしの上を、わたしの顔の上を、通りすぎた。それで、自分に顔があることに気がついた。すると、たちまち、肌を刺す鋭いものがわたしの、真ん中に飛びこんできた。鼻孔にちがいない経路を通って、胸にちがいない体のなかに飛びこんできた。驚愕の衝撃によって目ざめた新たなものが、不意にわたしの体のただ中にざざっと流れこみ、わたしはその勢いに押し流された。同時に、わたしの内部のどこかで、あの初めての何かが動くのを感じた。その動きは声になった。

わたしという意識が鷹のように空を旋回してから、急降下してきて、くらくらした。それはまた旋回しながら空の向こうに消えようとするかのようだった。それでも、自分が、自分の生が旋回を繰りかえしながら、自分の意識にどんどん近づいてくるのが感じられた。そして、突如、自分と自分の意識が合体すると、自分の覚醒を知った。

気がついた。自分が生きていることに気がついた。「こいつ生きているぞ！」という声も聞こえた。それが耳に入った最初の言葉だった。

もう一度目をあけると、昼の光が怖くて、目をしばたたいた。もう一度目を閉じると、空間内のどこかにありながら自分の上にもある感覚の動きを感じた。もう一度目をあけると、物体が目に入り、大きな物がここにあり、あそこにあり、あそこにあった物がちがう場所に移されていた。空間のなかのどこかに属する感覚が歩み寄ってきて、わたしの真ん中と繋がった。

こんな風に、意識が急降下してきたかと思うと、突然旋回し、また大きな急降下で戻ってきた。わたしは自分が自分であることに加えて、自分は手足の先でいきなり終わる体であることも理解した。足！　そう、足！　この言葉も今、思い出した。足！

すこし意識がはっきりしてくると、近くに見える灰色の青ざめた物が自分の体であることが分かった。その体の上を何か恐ろしい物が動いて、体のなかに感覚を生んだ。どうして、この近くに見える自分の体は灰色なのだろう？　すると、声というまた別の感覚を感じて、それを確認した。「セキネンノホコリ！」とその声は言っていた。「積年の埃！」

すぐに、外からわたしに働きかけて感覚を生みだすあの暴力的な動きの正体を理解した。それは人だった。怖れと驚嘆のうちにそのことが理解された。それはだれか他者であり、一人の男だった。一人の男がわたしの感覚を生んでいる！「積年の埃」と言った男だった。

一人の男！　それでも、わたしは意味がつかめなかった。「一人の男」という観念がすっかりは戻らなかった。

それでも、それがわたしのなかに落ち着くと、わたしの意識がわたしのなかに根を張った。わたしは動いてみた。足を動かした。遠くにある足先をも動かした。よし！　と、この自分のなかからも、声が出た。気がついた。自分には喉があることにも気がついた。すぐに、また、他のことに気がつくだろう。

突然の出来事だった。男の顔が見えた。血色のいい顔の上に鼻があり、短く切り揃えたあごひげを生やしていた。さらに、もっと、分かった。「なぜ――？」という言葉が口をついて出た。

すると、その顔がさっとこちらを見た。青い瞳に覗きこまれた。立ちあがろうともがいた。

「起きてるのかい？」とその顔が言った。

「はい！」という語がどこかにあるのは分かったが、自分では言えなかった。

それでも、分かってきた、分かってきた！　自分があの小さくあいた穴の前の新しい土の上に陽を浴びて横たわっているのが、おぼろげに分かった。自分が体をまるめた穴も思い出した。だが、どうして、穴の外の土の上で陽を浴びながら灰色の全裸で自分が横たわっているのかは分からなかった。男の顔が何なのか、それがだれの顔なのかも分からなかった。

するど、もっと声が聞こえた。もう一人いる。一人よりも多く、他人がいる。一人よりも多い！　一人よりも多い！　不意に、新しい何かを感じて、全身がたくさんの方向に一時《いちどき》に動くように思えた。また、自分の手足の限界が意識されて、声が出た。自分に触れたその新しい何かも思い出した。たくさんの感覚が全方向に飛びだした！　それでも、最も強い感覚が一つあって、それは「溺レル」という感覚だった。水だ。水だ！　水のことも思い出して、というか、自分が知っていたことを知った。男たちはわたしを洗っていたのだ。見下ろすと、白い物が見えた。白い、わたしの、体が見えた。

すると、水に触れて全身が反応してわたしが声を出すと、男たちが笑ったことも思い出した。笑った！　わたしは笑うことを思い出した。

そんな具合で、男たちがわたしを洗った。わたしの意識が戻って、わたしは背をのばして座りさえした。すると地面が見え、岩が見え、空が見え、それが午後の空であることを知った。わたしは全裸で、二人の男たちに洗われていて、その男たちも全裸だった。だが、わたしの体は混じりけなく真っ白に痩せていて、男たちは陽に焼けて、痩せていなかった。

二人に持ちあげられたわたしは、一人に凭《もた》れて立ち、もう一人に洗ってもらった。凭れた相手の男の体が温かく、わたしは男のいのちにやさしく温められた。もう一人はやさしくわたしの体をこすってくれた。わたしは生きていた。二輪のふしぎな花のような自分の白い足先が見えた。一つずつ持ちあげてみると、歩くことを思い出した。

一人がわたしを支え、もう一人が毛織りのシャツのようなスモックのようなものを掛けてくれた。薄いグレーと赤だった。それから、靴をはかせてくれた。それから、手のあいたほうが洞穴に行き、じっと覗きこみ、いろいろなものを拾い集めて戻ってきた。ボタン、変色したがまだ使えそうな硬貨、切れ味は悪くても錆びていないポケットナイフ、ベストの留め金、文字盤の黒ずんだ腕時計が男の手のなかにあった。だが、それらが自分の物であることは分かった。

「わたしの服はどこ?」と尋ねた。

すると、ふしぎな生命力にあふれた二つの青い目と二つの茶色い目に見つめられるのを感じた。

「わたしの服は!」と言った。

二人は目と目を見合わせてから、よく分からない言葉を発した。それから、青い瞳の男が言った。

「もうないよ！　塵《ちり》になった！」

ふしぎな男たちだった。あごひげを刈りこんだ均整のとれた穏やかな顔つきで、古代のエジプト人みたいだった。わたしが気づかないうちに凭れていた男は静かに佇んでいて、午後の陽光よりも温かかった。わたしのほうにいのちが放射されるようだった。わたしは力の流入を感じ、温かさでいっぱいになった。心が踊り出したくなるようなふしぎな力に浮きたちはじめた。身を凭せていた男のほうを向くと、彼の青い瞳の静かなゆらぎが見えた。小さく豊かな声で何かを言われ、土地の方言に似ていたので、分かる気がした。もう一度、やさしく穏やかにわたしの内側に話しかけてくれたので、犬が理解するように言葉ではなく声で理解した。

「歩けるかい、それとも運んでやろうか？」

そんな風に、土地の方言のように聞こえた。

「歩けると思う」とわたしは答えた。わたしの声は、男の深くやさしい声の音調と比べて、ざらざらしていた。

土と石の山をゆっくり下りる男を見て、土がくずれたのを思い出した。だが、下りた後の光景はちがっていた。昔の石切り場の窪地に木々はなかった。新しい採掘場みたいに何もなかった。窪地を出てみると、すっかり変わっていた。下方には木の生えた盆地があり、お屋敷の庭園みたいにところどころに見える木立以外は何もなく草だけの丘の斜面が広がっていた。炭鉱も、鉄道も、生垣も、四角く囲いこまれた野もなかった。それでも、土地の世話はきちんとされているようだった。

わたしたちは二人で幅一メートル弱の舗装された小道のところに来た。もう一人の男が道具を抱えて石切り場から追いついた。赤い紐のついたグレーのシャツのようなスモックのような服を着ていた。ふしぎな心のやわらかさが伝わる話しぶりだった。曲がって三人で小道に入った。わたしはまだ同じ男の肩に凭れていた。新しい力が湧いてきて身が震える感じとまだ半ば幽霊のような感じがあった。男の肩に置いたわたしの手がわたしの体を浮揚するかのような、ふしぎな軽さの感覚があって、足が地面に触れていないみたいだった。夢のなかのようにほんとうに浮遊しているのか知りたく思った。

急に男の肩から手を離して、立ち止まってみた。男は振りかえって、わたしを見た。

「一人で大丈夫」と言って、夢のなかみたいに数歩、前に足を進めてみた。たしかに、ふしぎな力にすごい勢いで満たされ、空に浮かんだみたいに、地に足をつく必要がないかのようになった。ふしぎな震えに力が満ちて、同時に浮遊するみたいになった。

「一人で歩けます！」と、わたしは男に言った。

男たちは理解して笑みを浮かべたようだった。微笑むと、青い瞳の男の歯が見えた。不意の思いに打たれた。この男たちは花咲く草木のようにほんとうに美しい！ そのことを、なぜか、目でたしかめたというより肌で感じた。

青い瞳の男が先頭を歩き、その後を突きあげる浮揚感に満たされたわたしがひどく高揚した胸を張りたい気分に何もかも忘れてつづき、わたしの後をもう一人の男が無言でつづいた。するると、道が折れて、小川の流れる窪地を走る道と並行していることに気がついた。二匹の雄牛に引かれた荷馬車ががたがた音を立ててゆっくりと進んでいた。御者の男は全裸だった。

わたしは周囲の地面より高いこの舗装の小道に立ち止まって、思いをめぐらした。自分の目を覚まさせようとした、と言えばいいのだろうか。十月の午後の陽が金色にかがやきながら背後に沈みつつあることに気がついた。前を歩く男も全裸であることに気がついた。陽が落ちたら、寒くなるだろう。

そして、思い切って、あたりを見回してみた。左手の斜面は、大きな長方形に区切られた黒っぽい耕作地だった。人びとはまだ耕すことはやめていなかった。右手には川向こうの窪地に牧草地が広がっていて、木立があり、たくさんのまだら牛がゆっくり前に追い立てられていた。前方では道が急に折れて、水車用貯水池を過ぎ、水車を過ぎ、何軒かの小さな家を通りすぎると、また折れて、丘を上がってゆく急坂となっていた。そして、丘の上に、町があった。町は午後の黄金色の陽光につつまれていた。黄色く巨大な町壁がカーブしながら黄葉を見せる果樹園から立ちあがり、さらにその上に長い卵のような曲線の建物が見え、かすかに先が細くなってゆく円塔がそびえていた。尖った縁や角のない、しなやかで力強い曲線の造りで、やさしい威厳がそなわっていた。すべてがやわらかい金色にかがやき、金色の生き物の体のようだった。

見ているうちに、ここが自分の生まれ故郷であることが分かった。かつて、ここはきたない赤レンガの醜い炭鉱町だった。子どもの頃もムアグリーン貯水池から帰る道すがら、丘の上に建つ坑夫の社宅の四角いブロック群を見上げると、会衆派教会の讃美歌にある「黄金都市エルサレム」の壁のように午後の光にかがやく姿が見えて、これがほんとうにそうだったらと夢想したものだった。

その夢が実現したのだ。だが、実現した夢とそれを見つめるまなざしの熱さに、かえって自分の力と浮揚感が失われ、心細くなって、一緒にいる男たちのほうを向いた。青い瞳の男が近づいてくると、わたしの腕を取り、それを自分の肩に掛けると同時に、自分の左手をわたしの腰に回した。

またたく間に、彼のいのちのやわらかく温かいリズムが再びわたしのすみずみまで浸透して、以前のわたしの古い記憶は眠りにおちた。わたしは傷に似ていたが、男たちに触れられて、たちまちのうちに癒された。また、舗道を歩きだした。

馬に乗った男が三人、背後から駆け足でやって来た。この日没時には、全員が、町に帰るところだった。馬の男たちは追いつくと、ペースを緩めた。黄色のやわらかい袖なしチュニックを着ていて、わたしの連れ同様、静かで均整のとれたエジプト人みたいな顔つきで刈りこんだあごひげを生やしていた。腕も足もむきだしで、あぶみも使わずに乗っていた。だが、頭には橅《ぶな》の葉の変わった帽子をかぶっていた。われわれを鋭く一瞥すると、連れの男たちはうやうやしく挨拶した。すると、馬の男たちはまた駆け足になって、黄色いチュニックをやわらかくはためかせて行ってしまった。しゃべる者はいなかった。世界のすみずみまで静謐に満ちているのに、互いに緊密に繫がりあういのちの魔法があった。

町に向かって丘をゆっくり登ってゆくと、道は人であふれはじめた。大半は帽子をかぶらず、袖のないグレーと赤の毛織りシャツに赤い帯をまいていたが、グレーのシャツを着てひげのない者もいた。道具を抱える者や飼い葉を運ぶ者もいた。女たちもいて、青か薄紫のスモックを着ていた。緋色のスモックを身にまとう男たちもいた。だが、そこここに、わたしの案内役の男みたいに全裸の者もいたし、笑いさざめきながら歩く娘たちのなかには、自分の青いスモックをたたみ、それをクッション代わりにして荷物を頭の上に載せて運ぶ者もいた。薔薇色に焼けたすらりとしたその肢体は、腰まわりに垂らして歩くとぶらぶら揺れる白と緑と紫の小さな房の帯をのぞくと、何もまとっていなかった。彼女たちだけが足にやわらかな靴をはいていた。

みんな、こちらをちらりと見た。わたしの連れに挨拶の言葉をかける者もいたが、だれも質問しなかった。裸の娘は包みを頭に載せて堂々と歩いていたが、男たちよりもよく笑った。小さな木になるやわらかい果実のように美しい娘たちだった。そう、木になる薔薇の実を思い出した。ここではすべての人に、花を咲かせ実を結んだ草木のような落ち着いた内面の静けさがあった。一人ひとりに体と頭と霊のあいだの分裂がなく、傷のない果実に似ていた。分裂を病むわたしはふしぎに哀しく羨ましくなったが、同時にひどく高揚して、自分のうちからエネルギーが噴きあがるのをまた感じた。まるで、これから生の深淵に初めて飛びこんでゆく気持だった。遅きに失したものの、先駆者のなかの先駆者の気分になった。

前方に大きな城壁のような町の壁が見えた——すると急に、道がカーブして、門に至った。

人はみな、脇の狭い入り口を二つの流れに分かれて、ゆっくり入っていった。

黄色い石でできた大きな門があり、中に入ると大半が白っぽい石畳の広場があり、そのまわりには金色に光る黄色い石の建物が立っていて、黄色い柱に支えられたアーケードの舗道が付いていていた。わたしの連れの男たちは、ある所で曲がると、緑の服の守衛のいる小部屋に入っていった。農民が何人か待っていて、道を譲ってくれた。わたしは、暗黄色の長椅子に寝そべる黄色のチュニックを着た男の前に連れだされた。金髪で、髪を長く伸ばし、あごひげを刈りこんでいた。髪はフィレンツェの小姓みたいに長さを切り揃えておかっぱにしていた。整った顔立ちではなかったが、内面から来るふしぎな美しさがそなわっていた。彼の場合、それは果実というよりは花の美しさだった。

わたしの男たちは挨拶をしてから、手短かに、静かに、わたしには断片的にしか理解できない言葉で説明した。チュニックの男は、静かに、やさしく、わたしを見た。だが、敵にまわしたくない怖さもある男だった。その彼がわたしに話しかけた。この町に留まりたいか訊かれたのだろうと思った。

「ここに留まりたいかお尋ねになっているのでしょうか？　わたしは今どこにいるかも分からないのですが」と答えてみた。

彼は外国人がしゃべるような英語でゆっくりと言った。

「あなたがいるこの町はネスラップという。しばらくは、わたしたちの所でゆっくりするか？」

「ありがとうございます、もしよろしければ……」頭がすっかりこんがらかって、自分でも何を言っているのか分からなかった。

話が終わると、わたしたちは緑の服の守衛の一人と一緒に部屋を出た。人びとはみな、黄色い家々にはさまれた横道を川のように流れていった。家の玄関先の柱廊の下を通ってゆく者もいれば、道の真ん中のひらけた所を行く者もいた。すると、前方から、三本のバグパイプで甲高い旋律と持続低音を同時に奏でたような激しい音楽が鳴りひびいてきた。人びとは前に急いだ。わたしたちも城壁の上の卵形の広場に行った。そこは真西を向いていて、赤い火の玉のような太陽が地平線に沈もうとしていた。

わたしたちは向きを変えると、広い玄関を入り、階段を上った。緑の服の男が扉をあけて、わたしを中に通してくれた。

「すべてご自由にお使いください！」と彼が言った。

部屋は卵形の広場に面し、西に面していた。裸の男もわたしの後から部屋に入った。彼は小さな衣装戸棚から亜麻のシャツと毛織のチュニックを取り出すと、笑みをうかべてわたしにそれを差し出した。わたしに貸したシャツを返してもらいたがっていることに気がつき、急いで彼にシャツと靴を返した。彼はわたしの手を両手でさっと握り、するりとシャツを着、靴をはいて、いなくなった。

わたしは、彼が出してくれた青と白の縞模様のチュニックを着、白いストッキングと青い布の靴をはいて、窓のほうに行った。西のかたの森に覆われた丘の頂に、赤い太陽が触れようとしていた。シャーウッドの森がまた勢いを取り戻していた。それはこの世でわたしが最もよく知っている光景で、今でもその形を覚えていた。

広場にはふしぎな静けさがあった。わたしは窓をあけてテラスに出て、下を見た。人びとが整然と集まっていて、左手には、グレー、グレーと緋色、混じり気のない緋色の男の集団がいた。右手には、青とクロッカスの薄紫のあらゆる色合いの女たちが集まっていた。アーチ型天井を支える柱廊のあたりにはもっと人がいた。赤々とした陽の光がすべての上を照らして、広場がまたかがやき出した。

火の玉となった太陽が丘の頂の木々のこずえに触れた時、バグパイプが甲高く鳴って、突如、広場が活気づいた。男たちが雄牛のようにやさしく大地を踏みはじめた。女たちはそっと体をゆらし、手をやさしく打ちながら、葉ずれのようなふしぎな音を立てていた。柱廊のあいだ、アーチ型天井の下、卵形の広場の正反対の端から、男たちの腹にひびく声と女たちの震える高い声が、これまで耳にしたこともないようなふしぎなパターンで歌い合うのが聞こえてきた。

すべてはそっと、そっと、息づいていた。それでも、踊りはだんだん速いリズムになっていって、それでも、どういうわけか信じられないくらい息がぴったり合っていた。どこかで指揮を取っている者がいたわけではないと思う。魚の群れがぐるぐる回りながらさっと体をきらめかせたり、鳥の群れがひょいと下がったり広がったりしながら空を飛んでゆくように、本能に導かれていた。不意に、すべての男たちが、裸にかがやく腕を、はっとさせるくらい一気に鳥の翼そっくりに上げた。それから、鳩が静かにすばやく舞いおりる時の音を立てながら、螺旋を描いて女のほうに下がっていった。男たちはグレーに紅《くれない》をきらめかせて、かがやく腕をゆっくり傾けていったが、青いクロッカスに似た女たちはポプラの葉ずれの音を立てながら、包囲するように下りてくる男の腕を逃れて、あらゆる方向に薄紫の火花みたいにさっと散った。突然、薄紫のいく筋もの細い光が花びらのように、男たちの赤とグレーの塊からひらいてゆくのが見えた。

陽がゆっくり沈んでゆくと、物影が濃くなり、踊りが遅くなった。そのあいだ中ずっと、青い女たちは消されつつある太陽のまわりを回っていた。踊りの力で陽を沈めていた。鳥たちが空を旋回しながら踊るように、魚の群れが海のなかでそうするように、あるふしぎな共有される本能によって踊っていた。恐ろしくもあれば、すばらしくもあった。目を閉じて死にたくなったし、飛んでいってその仲間に加わりたかった。この生命の波の一滴になりたかった。

陽は沈んだ。踊りはさらに展開して、町の中心のほうに、内向きになった。男たちはやさしく大地を踏み、女たちは葉ずれの音を立てながら、やさしく手を打ち、歌い手たちはからみつく風のように流れにまかせて歌いつづけた。そして、鳥がゆっくり羽ばたくみたいに、男たちの腕が一斉にスローモーションで一種の敬礼のように上がった。次にその腕が下がると、それと同時に、女たちの腕がしなやかに上がった。たくさん風切り羽《かざきりばね》のある左右の翼を動かして、ゆっくりしなやかに飛んでゆく驚異の鳥のようだった。気流に乗ってゆっくり空を飛ぶフクロウみたいに上がり、また下がった。不意に、すべてが止まった。人びとは静かに散っていった。

男が二人、卵形の広場に現れた。一人が肩に点灯したランプをさげた棒をかつぎ、もう一人がすばやくそのランプを柱廊のあたりに掛けて町を明るくした。夜になっていた。

だれかが明かりの点いたランプをわたしに手渡して、消えた。日が暮れ、わたしは独り、小さなベッドのある小ぶりな部屋にいた。床にはランプが置かれ、小さな暖炉には燃えていない薪があった。とても簡素で自然な部屋だった。戸棚には必要最低限の衣装一式が、温かそうな青の袖なしマントとともに置かれ、大皿小皿も少しあった。だが、椅子は見当たらず、その代わりに黒っぽいフェルトの長いマットが折りたたんであって、その上に横たわることができた。光が床から上がってきて、白亜のエナメルに似たクリームみたいになめらかな壁を照らした。わたしは自分が生まれた場所から二百メートルも離れていないところにいるのに独りきり——まったくの独りきりだった。

怖かった。自分を思って、怖かった。ここの人びとは、わたしの考える人間ではないように思えた。彼らには草木の静けさと完成があった。鳥の群れのように、互いに動きあいながら溶けあって、驚くべき本能の塊になることができる！

寒くなったが、暖炉に火を点ける手立てもなかったので、床に藍色のフェルトを敷いて、その上に座り、青いマントに身を包んだ。戸をたたく音がして、緑の守衛の一人が入ってきた。彼にもわたしを見つけてくれた男たちと同じ静かな果実のようなかがやきがあり、内側から生まれるふしぎに肉体的な美しさがそなわっていた。そこにわたしは魅せられ、同時に、怒りもこみあげた。彼らが陽光をひとりじめにして、わたしは自分が緑色のまま赤くなれないリンゴのように思えた。

わたしを連れ出して、トイレや風呂を見せてくれた。最後の男二人がシャワーを浴びていた。それから、真ん中の高くなった所に暖炉のある円形の大きな部屋に連れていかれた。薪が赤々と燃えていて、炎と煙が漏斗状の天蓋のような石の煙突に吸いこまれていった。暖炉前のスペースはその向こうにも広がっていて、男たちがフェルトを折りたたんで横になり、白い小さな布を前に広げて、硬めのミルク粥に溶かしバターと生のレタスとリンゴという夕飯を食べていた。服を脱いで横たわるその果実のような健康的な体に、暖炉の火がゆらめいていた。オイルを塗ったその肌がかすかにかがやいていた。円形の壁ぞいに幅広の壇がぐるりとめぐり、そこでも男たちが横になって食べたり休んだりしていた。時折、人が食事を持って入ってきたり、自分の皿を持って立ち去ったりした。

案内役の男はそこからわたしを連れ出し、湯気立ちこめる部屋を覗かせた。各人が自分の皿やスプーンを洗って、小さな自分のラックに掛けていた。わたしは案内役にトレーと皿と布を渡されて、二人で簡素なキッチンに移った。粥が大鉢にぐつぐつ煮えていた。溶かしバターが深めの平鍋にあった。ミルクとレタスと果実が戸のそばにあった。男たちは三人の調理人が管理するこの部屋に静かに入ってきて、必要なものや食べたいものを自分で取り、円形大食堂か小さな自室に戻って食事をとった。あらゆる場所、あらゆる動き、あらゆる行いに、本能的な清廉と気品が感じられた。人びとのなかの最も深い所にある本能が育まれた結果の美しさに見えた。やさしく静かな美しさは夢のようだった。ついに、人生の夢が実現した。

ほとんど食欲はなかったが、ミルク粥をすこし自分の皿にとった。すると、ふしぎな力が身内に湧きおこったが、ここの人びとにまざると、自分は亡霊みたいだった。案内役の男が、円形食堂で食べたいのか自室に戻って食べたいのかと訊いた。質問の意味は分かったので、食堂で食べることにした。曲線の控室でマントを掛けると、男たちの食堂に入っていった。そこで、壁ぞいにフェルトを置いて寝そべり、男たちを観察した。耳をそばだてた。

男たちは、服を重荷かささやかな恥辱みたいに思うのか、体が温まるとすぐにするりと脱いだ。そして、横になって、時折、静かに話して、低い声で笑い、チェスやチェッカーをする者もいたが、大半は静かにしていた。部屋の照明は天井から下がったランプで、家具は一切なかった。独りきりのわたしは、自分の白い袖なしシャツを脱ぐのが恥ずかしかった。こんなに恥ずかしがらずに落ち着いている男たちに、なぜか文句をつけたくなった。

緑の守衛がまた来て、その名前はよく聞き取れなかったが或る男に会いたいかと訊かれた。そこで、マントを取って、柱廊の下、やわらかく照らされた通りを進んでいった。マントを羽織る者、チュニックだけの者など、人びとが歩いていた。女たちが軽い足取りで通りすぎた。

町の一番高い所に向かって坂を上っていった。メソジスト教会の近くの、正にわたしが生まれた場所を間違いなく通ったと思った。だが、今では、やわらかく照らされた黄金色の柱廊にすっかり変わっていた。そこを青や緑やグレーと緋のマントを着た人びとが歩いていた。

頂の円形広場に出た。わたしたちの会衆派教会が立っていた場所にちがいない。その真ん中に、灯台みたいに先が細くなってゆく塔がそびえ、ランプの光に薔薇色に染まっていた。空高いところにある棍棒に似た塔の先端には、大きな光の玉が一つ、かがやいていた。

広場を横切り、また違う建物の階段を上がり、人が行き来する大きなロビーを抜けて、緑の守衛のいる廊下の端の扉まで来た。守衛は立ちあがると、中に入って、客の到着を告げた。わたしは後について、控えの間を抜け、奥の部屋に入った。中央に暖炉があって、薪が赤々と燃えていた。

男が出迎えてくれた。紅の薄いチュニックをまとっていた。茶色の髪に硬い赤茶色のあごひげを生やし、ゆらめく光のような驚異的な美しさがあった。普通の人びとのエジプト的平静や果実みたいな冷静さでも、町の門で会った黄色をまとった隊長の堅実な花のかがやきでもなかった。この男には、水を透過する光に似た、震えとゆらめきがあった。彼がわたしのマントを取った。わたしはすぐに、この男は分かっている、と感じた。

男は考えながらゆっくり英語を話した。

「目ざめるのは、たとえ良い時に目ざめたとしても、辛いことかもしれない」

「ここがどこか教えてください！」とわたしは言った。

「われわれはネスラップと呼んでいる——かつてはニューソープだったか？——いったい、あなたはいつ眠りについたのか？」

「今日の午後、だと思います——一九二七年十月」

「一九二七年十月！」彼は笑みをうかべながら、ふしぎそうに繰りかえした。

「わたしはほんとうに眠ったのですか？　わたしはほんとうに目ざめたのですか？」

「目ざめたのは分かるでしょう」彼は微笑んだ。「クッションの上に横になったらどうですか？　それとも、座りたいですか？　さあ、これを！」と言って、伝統家具復興運動〔十九世紀末のアーツ・アンド・クラフツ運動とほぼ同義。ここでは、特に機械も活用しながら簡素で趣味のよい復古調家具を製作したアンブローズ・ヒールらの作品を指すと思われる〕風のがっしりしたオークの肘掛け椅子を見せた。それは部屋にポツンと一つ置かれていた。しかし、時を経て黒ずみ、縮んで見えた。わたしは身震いした。

「この椅子は何年前のものですか？」

「およそ千年前だ！　特別な保存例だ」

わたしはもう我慢できなかった。暖炉前の絨毯に座りこむと、涙がどっとあふれて、魂が涸れるまでさめざめと泣いた。

男は身じろぎもせず、静まりかえって、長いこと座っていた。それから、わたしの所に来て、両手でわたしの手を握った。

「泣くのをやめなさい！　泣くのをやめなさい！　人はずっと長いあいだ、苛々と落ち着きのない子どもだった。今、われわれは苛々した子どもであることをやめて、大人になろうとしているんです。泣くのをやめなさい！　今の世のほうがいいでしょう？」

「今はいつなんですか？　何年なんです？」わたしは訊いた。

「何年だって？　われわれはオークの実の年と呼んでいる。あなたは数字のことを訊いているのか？　あなたたちの数え方にならえば、二九二七年だ」

「まさか」

「まさかだが、そうなのだ」

「それでは、わたしは一千四十二歳だ！」

「たしかに」

「そんな！」

「そんなと言っても。あなたは、さなぎのように、大地の小さな子宮のなかで眠った。そのあいだに着ていた服は塵と化して、ボタンが残った。そして、蝶のように、あなたは目ざめた。そういうことだ。胸を張って、しばらくのあいだ、闇から目ざめた美しい蝶でいればいい。さあ、白い蝶のように、美しくありなさい。着ている服を脱いで、暖炉の火が体に当たるようにしなさい。起きたこと、与えられたものは受け入れなさい――」

「あとどのくらい生きられるのでしょうか？」と彼に訊いた。

「どうして、いつも数にこだわるのだ。生きることは時計ではない」

「たしかに。蝶のようなわたしの生は、残りわずかでしょう。だから、ものを食べる気持も起こらない――蝶は　（未完）

喜びの幽霊

第一次世界大戦前の若いカーロッタ・フェルを知っていた。その頃の彼女は芸術に逃避していて、「フェル」とだけ呼ばれていた。有名で退屈なスウェイト美術学校でのことだった。わたしもそこで自分の才能をせっせと虐殺していた。カーロッタは、スウェイトで、いつも「静物画」賞をもらっていた。彼女はその賞をわたしたちの征服者の一人として平然と受け取ったが、他の学生は悪意をいだいた。えこひいきだと言われた。カーロッタのお父さんは有名な貴族で、彼女はもの凄いお嬢様だったのだ。

その上、美人ということになっていた。金持ちの家ではなかったが、十八の時に年五百ポンド分の遺産の相続が転がり込んで、これはわたしたちにとっては、とんでもない話だった。それから、首に真珠をかけ、視線を少し伏せた、憂いをおびたカーロッタの写真が、社交界の動静を扱う新聞に載った。そして、また、もう一枚、ひどい静物画を描いた。今度は、鉢植えのサボテンだった。

スウェイトの学生は、有名人好きだったので、カーロッタを誇ってもいた。たしかに、彼女のほうでも、鳩の群れのなかの極楽鳥然と、見せびらかす風があった。と同時に、彼女にとって、自分の社交界仲間と離れて、わたしたちと一緒にいるのはエキサイティングな体験だった。といっても、わたしたちと分けへだてなく酒を酌みかわすというわけではなくて、付き合う相手は選んでいた。

彼女は、漠然と、成功したいと思っていた。何らかの形で、光りかがやきたかった。優秀で「高名」な伯父がまわりにいっぱいいて、彼女をおだてた。それでは、何をしよう？　彼女が描いた「鉢植えサボテン」はすばらしかったけれども、革命を引き起こす質《たち》のものとは、彼女自身も思わなかった。いくぶん浮世離れして欲求不満の残るアートの抽象世界よりも、むしろ、汚れていてもその分広大な実世界で光りかがやいてみようか。

彼女とわたしは、率直で剝き出しのほんとうの意味での「友だち」だった。わたしは貧乏だったが、実は気にしていなかった。彼女も本心は気にならなかった。ただ、わたしは、この人生の半分死んだ体のなかに熱いヴィジョンが埋もれていると**感じて**いて、そのことに**こだわって**いた。死んだ体のなかの活きた体だ。それをわたしは**感じとって**いた。そして、他人のことはあまり気にしないで、その生に達しようと思っていた。

わたしが何を求めているのか、彼女は知らなかった。それでも、わたしが**ソレ**を追い求めているのは感じたようで、イギリスの貴族であるとともに**ソレ**の王国の貴族でもあった彼女は、わたしの誠実な友人になってくれた。**ソレ**、すなわち、死んだ体のなかに眠っているとわたしが想像する活きた体へのこだわりゆえに、わたしを支えてくれた。

それでも、それほどの繋がりはなかった。わたしには、お金がなかった。彼女も、わたしを自分の家族に紹介しようとは決してしなかった。時々、一緒に昼ごはんを食べたり、劇場に行ったり、二人のどちらのものでもない車に乗って、田舎をドライブしたりした。いちゃいちゃしたり、愛を語ったりは、決してなかった。わたし同様、彼女もそれを望んでいたとは思わない。彼女は、自分と同じ上流階級の男と結婚するつもりだった。わたしも、彼女が自分と一緒に将来のために頑張ってくれるような逞しいタイプでないのは分かっていた。

さて、よく考えてみると、わたしと一緒の時の彼女は、いつも、ちょっと悲しそうだった。もしかしたら、目の前に大海が広がっているのに、それを自分は決して渡らないことを知っていたのかもしれない。結局、致命的なまでに、自分の階級から逃れられなかったのだ。それでも、上流階級を憎んでいたのだと思う。爵位や社交界の話が好きな連中に取り囲まれると、彼女の短い鼻がさげすむようにつんと上向き、大きな口がきゅっと不満そうにすぼまり、退屈と苛立ちのうっとうしそうな表情が幅広の肩のうえにも広がった。だるい苛立ちと、上昇志向者への憎しみと、階級制度に対する鬱憤。しかし、自分の階級を憎みながらも、それは、同時に、彼女にとって神聖にして犯すべからざるものだった。自分の友人の爵位や称号をわたしに言うことさえ嫌ったのに、わたしが「あの人、だれ?」と訊くと、すぐにきっとなって「母の昔からの友人のニスステデール卿令夫人とスティンズ卿」と答えるぷりぷりした様子から、木に食い込んでしまった鉄の輪のように、宝冠が彼女の頭に根を生やしてしまっているのが分かった。

彼女には、また、それとは別種の、ほんものの芸術家に対する畏敬の念があった。より純粋だった、のかもしれないし、違うかもしれない。とにかく、芸術に対しては、もっと自由で気楽だった。

わたしたちにはふしぎな共通の理解があった。未生《みしょう》のいのちの体が、生活というこの半ば死んだような体のなかに埋もれているような気がしていた。そこから、俗世とそのだらだらした掟への暗黙の敵意も生まれた。わたしたちは、敵国で秘密の任務にあたる二人の兵士のようだった。「生活」と「人びと」が、わたしたち二人にとっての敵だった。もっとも、彼女は決して自分の正体を明らかにしなかった。

彼女は、いつも、とりわけ道徳的な問題になると、わたしのところに来て、わたしの意見を求めた。彼女は、常識的な道徳規準に苛々と根源的な疑念をいだいていたが、かといって、自分でどう考えていいかは分からなかった。だから、わたしのところに来た。自分の感情を整理しようとする必要があった。その際に、彼女の古いイギリス人気質の強さが現れた。若かったわたしが彼女に若者の意見を言うと、彼女はたいてい腹を立てた。とても常識的に行きたかったのだ。常識的であろうとして、へそ曲がりな行動に走ることさえあった。それでも、いつも、わたしの元に戻ってきて、また、わたしの意見を訊かずにはいられなかった。彼女は、わたしに、道徳面で依存していた。たとえ、同意できなくても、わたしの視点が分かるとほっとしたし、元気が戻った。それでも、わたしの考えには反対した。

二人のあいだには、ふしぎな、浮世離れした、親密さがあった。ちょっと見には接点がないのに、とても深い関係だった。思い悩む彼女が安心して一緒にいられる唯一の人間が、わたしだったのかもしれない。わたしにも、彼女はいつも本質的に同じ仲間、同類だという思いがあった。わたしにとって、大半の人間は、七面鳥と変わりない、別種の生き物だった。

それでも、彼女は、自分の階級の常識に従って行動しようと、いつもしていた。あまのじゃくなくらい、そうしていた。わたしには、そのことも分かっていた。

そんなわけで、戦争がはじまる直前に、ラスキル・ワース卿と結婚した。彼女は二十一だった。わたしは、宣戦布告前には会わず、後で、彼女に誘われ、ロンドンの町中で、夫妻と昼食をともにした。夫は近衛師団の将校で、その時はたまたま軍服姿だった。とてもハンサムで、体もがっしりして、常に人生の最上のものが与えられるのが当たり前みたいな雰囲気だった。瞳が黒く、髪も美しい黒髪で、色が浅黒かった。とても美しい声で、恥ずかしそうにゆっくりと話した。きめ細やかな抑揚で、女っぽいと言いたいくらいだった。カーロッタを妻に迎え、嬉しくて、得意然としていた。

わたしに対しても、見事なまでに気をつかってくれて、加えて、敬意もはらってくれた。というのも、わたしが貧乏で、別世界から来た、かわいそうなアウトサイダーだったからだ。わたしは、彼のことが、ちょっとおかしかった。やさしく気をつかう夫にすこし苛立ちを見せるカーロッタも、おかしかった。

彼女は、浮かれてもいた。「戦争って、必要よね？　騎士道精神のある人生を守るために、その人生に戦《いくさ》の魅力をそそぎこむために、男は戦わなくちゃ、ね？」と彼女が言ったのを覚えている。

わたしが「ある種の戦いは必要だけれど、戦争はぼくにとっての戦いじゃない」と答えたのも覚えている。開戦直後の八月だったので、まだ、みんな、軽く捉えることができた。

「じゃ、あなたにとっての戦いって?」と、彼女はすぐに返してきた。

「さあね! でも、とにかく、独りの戦いだ」とわたしは答えて、ニヤリと笑った。ラスキル卿と一緒にいると、自分が孤独な下層市民《サン・キュロット》のような気がしてきた。彼には見せびらかすところや偉ぶるところがまったくなくて、わたしに、あるだけの気をつかってくれた。それでも、実に微妙に自分に満足していて、自分の身分についても信じて疑わなかった。わたしはと言えば、調子にのりすぎて失敗する寸前の、不健全な成り上がりだった。

彼には思いあがったところがなくて、わたしの半分も思いあがっていなかった。カーロッタとの関係においてさえ、わたしに花をみんな持たせて、自分は控えめにしようとしていた。あまりにも自分に自信があったのだ。永遠を映すくらいぴかぴかに磨かれた甲羅のなかの亀みたいに、ある種の事柄に関しては自信満々だったのだ。それでも、彼は、わたしといると、すっかり打ち解けることができなかった。

「ダービーシャー州のご出身ですか?」と、彼の目を見つめながら、わたしは言った。「ぼくもダービーシャー州です! 生まれ故郷です」

彼は、やさしく、気まずそうに礼儀正しく、「ダービーシャーのどこですか?」と訊いた。だが、彼はすこし動揺していた。じっとわたしを見る彼の黒い瞳のなかに、ある種の恐怖があった。その中心は空っぽで、ある疑念が渦まいていた。自分のまわりの状況については自信満々なのに、状況のただ中の自分のこととなると、からきし自信がなくなった。自分！自分！それは、すでに亡霊だった。

彼の目に、わたしは、雑だけれど手ごたえのある何かと映ったのではないか。彼にとって、自分自身はそれなりに非の打ちどころがなかったものの、とても現実感のない存在だったのだ。カーロッタと恋におちて結婚したことさえ、彼にとっては現実感のない状況にすぎなかった。話す前に躊躇する彼独特の癖から、それは分かった。彼の黒い瞳とやわらかい暗さを持つ声のなかの狂気を含んだ空ろさからも、それは分かった。

カーロッタがこういう彼に魅せられたのは、理解できる話だ。だが、まわりの状況が彼に歯向かってきたら、一体どうなってしまうのか！

彼女は、その一週間後に、わたしに会って、彼の話をしたくなった。だから、わたしを、オペラに誘った。彼女は専用のボックス席を持っていたので、二人きりになった。噂好きのパース卿令夫人が、二つ離れたボックスにいた。これは、カーロッタの上流階級らしい、へそ曲がりな振る舞いだった。彼女の夫は今フランスにいる。わたしとは、ただ夫の話をしたいだけだったのに。

それで、彼女は、ボックスの一番前に座り、身を乗り出して、他の聴衆と近い位置から、横のわたしに語りかけた。だれもが、すぐに、わたしたちはできていると思っただろう。どのくらい「危険な関係」なのかはともかくとして。それで、世界の――わたしの世界ではなくて、少なくとも、彼女の世界である上流社交界の――みんなにはっきり見えるところで、彼女は横を向いて、わたしに話しかけてきた。早口で、無表情に、こう言った。

「夫《ルーク》のこと、どう思う?」

彼女は、海のように青い瞳で、わたしをじっと見つめて、答えを待った。

「とてもとても魅力的な人だ」と、わたしは答えた。ボックスの下には、劇場いっぱいの顔があった。

「そうなのよ!」彼女は、まじめになった時の、ふしぎに遠くまで震えながら達する低い金属音のような重く響く低い声で、相づちを打った。「あなた、彼は、しあわせになると思う?」

「しあわせ!」わたしは叫んだ。「どういう状況で? しあわせに?」

「わたしと一緒にいると、よ」不意に、女学生みたいに、くすっと小さく笑うと、いたずらっ子のように、恥ずかしそうに、心配そうに、わたしを見上げた。

「きみが彼をしあわせにするんなら、しあわせになるんじゃない?」と、何気なく返した。

「そのために、わたしは、どうすればいいの?」

低く重く響くまじめな声だった。カーロッタはいつもこうだった。こうやって、わたしまで、深みに引きずりこまれてしまう。

「まず、自分がしあわせになったら、どうだい? そして、しあわせであることに自信を持つといい。それで、彼に、自分はしあわせであると伝えて、あなたもしあわせなのよ、と言ってやるといい。それで、彼はしあわせになる」

「そんなこと全部しなきゃいけないの? 他に方法はないの?」と、即座に返ってきた。

彼女に向かって顔をしかめている自分に気がついた。自分のしかめ面が見られている。

「たぶん、ないよ」と乱暴に言った。「彼は、自分では、ぜったい、決められないから」

「あなた、どうして知ってるの?」いかにもふしぎそうに彼女が訊いた。

「いや、知らない。ただ、そんな気がするだけ」

「そんな気がする」と、彼女がオウム返しに言った。あの常に金属のように響く、悲しく、清々《すがすが》しく、断固とした一本調子の声で言った。わたしは、もごもごと呟いたりささやいたりしない彼女が好きだ。だが、このひどい劇場のなかでは、放っておいて欲しかった。

彼女は、雪のように白い肌のうえに、エメラルドをつけていた。身を乗り出して、まるで占い師が水晶を見るように、魅入られたように客席をじっと見つめていた。彼女の瞳に、聴衆一人一人の小さな顔や服がすべて映っていたかどうかは分からないけれども、下層市民《サン・キュロット》のわたしのほうは、上流階級のやり方にはついていけないよなあ、と思っていた。

彼女が、低い、明晰な声で、早口に言った。

「彼に結婚してもらうの、大変だったの」

「なぜ?」

「彼、わたしに夢中だったの。今でもよ! でも、自分が不幸の星の下に生まれたと思ってて……」

「不幸って、どんな? トランプで借金? それとも、報われない恋?」

「どっちも」彼女は、わたしの軽い言葉に急に腹が立って、すぱっと言った。その瞳には、恐怖の光があった。「呪われた家系なの」

わたしは、重苦しくなった気持に抗して、何とか訊いた。

「で、きみは、彼に何て言ったの?」

「わたしには二人分の運があるから大丈夫、って請け合ったの。すると、二週間後に、宣戦布告があった」

「ああ、それは世界の不運であって、きみの不運じゃない」

「そうね」と彼女も言った。

会話がとぎれた。

「彼の家が呪われている？」とわたしが訊いた。

「ワース家のこと？　ひどいもんよ！　ほんとうに呪われている！」

休憩になって、ボックス席の扉が開いた。カーロッタの注意力は、いつも、少なくとも、そのまっとうな半分は、外の出来事に向けられていた。彼女は、実際はそうではなかったものの、社交界きっての美女のように立ち上がると、パース卿令夫人に話しかけた。そして、意地悪く、わたしのことを紹介しなかった。

その一年後だったか、わたしたちがダービーシャー州のコテージにいる時に、カーロッタとラスキル卿の訪問があった。卿は、休暇で帰国中だった。妊娠中の彼女はのろのろしていて、落ちこんでいる風だった。彼はこの地域とその鉛鉱山の歴史を魅力的に語りながら、ぼうっとしていた。二人とも、どこにも行き場がないみたいに、ぼうっとした感じだった。

それで、最後に彼らに会ったのは、戦争が終わって、わたしがイギリスを離れる頃のことだった。わたしを除けば、夫婦だけの夕食だった。彼は、喉を負傷して、まだ、げっそりしていたものの、すぐに良くなると言っていた。ゆっくりと話す美しい声が、今では少ししゃがれていた。ベルベットのようにやわらかかったそのまなざしも、今では硬くなり、尖っていた。

昔と変わらない、ほとんど女性的な気づかいでもてなしてくれたが、疲れと空しさは否めなかった。わたしもこれ以上ないくらい困窮していて、少し疲れていた。カーロッタは、彼の無言の空しさと格闘していた。戦争がはじまって以来、暗く一点を凝視する彼のまなざしはますます目立つようになり、その瞳の中心の恐怖は、取り憑かれていると言ってもいいくらいだった。彼女はやつれはじめていて、もはや美しくなくなりつつあった。

家には、双子がいた。夕食を終えるとすぐ、夜の子ども部屋に直行して、子どもたちに会った。二人とも男の子で、父親の細く美しい黒髪を受け継いでいた。

父は吸っていた葉巻を消すと、ベビーベッドの上に身を乗り出して、無言で凝視した。浅黒い顔の忠実な乳母が後ろに下がった。カーロッタは子どもたちをちらりと見、それから、おぼれるような目つきで、夫を見た。

「ぷくぷく太って――健康的な男の子だ。ねえ、乳母さん」

わたしはそっと言った。

「ええ！　おっしゃるとおり！」

乳母はさっと返した。

カーロッタがわたしを見て、こう言った。

「わたしに、きかんぼうの双子が生まれるなんて、想像できた？」

「いや、まさか」と答えた。

例の女学生みたいなくすくす笑いを顔に浮かべながら、心配そうに夫を見上げて、彼女が言った。

「あなた、これって、不運？　それとも不注意？」

「ああ、そうだね！」彼は急に振り向くと、負傷した声を張り上げた。「これはものすごい幸運だと思うよ！　他人は何て言うか知らないけれど」

それでも、彼の体には、傷ついた犬の繊細で弱気な恐怖心がしみついていた。

その後、何年も、彼女に会わなかった。娘が生まれたという噂を耳にした。それから、悲劇が、起きた。伯母とアメリカでドライブを楽しんでいた双子が、交通事故で死んだ。

わたしは、ずいぶん遅れて、悲報を聞いた。カーロッタに手紙は書かなかった。一体、何を書けばいいのだ。

数カ月後に、悲劇が頂点に達した。女の赤ん坊が病気になって、急死した。たしかに、呪いが働いているようだった。

かわいそうなカーロッタ！　そこで、彼女の消息はとぎれた。夫妻は、夫の母と三人で、ダービーシャー州の夫の実家に引きこもっているという噂だけは聞こえてきた。

その後、たまたま、イギリスに戻る機会があって、カーロッタに手紙を書いたものかどうか、大いに迷った。結局、短い手紙をロンドンの住所に送った。

ダービーシャー州の館から、返事があった――「また、戻ってきてくれて、嬉しいかぎりです！　いつ、会いに来てくれるのかしら？」

リディングス館に行くのは、気がすすまなかった。結局のところ、そこは彼女の夫の家だし、夫の母親は　昔気質《かたぎ》の老人だった。わたしはいつも下層市民《サン・キュロット》の匂いをさせていて、貴族に囲まれると息苦しくなった。

そこで、「ロンドンに来いよ。一緒に昼ごはんを食べよう」と書き送った。

彼女は来た。老けたように見えた。苦しみが、顔に水平方向のしわを刻んでいた。

彼女がわたしに言った。

「あなた、ぜんぜん、変わらない」

わたしが言った。

「きみは、ちょっとだけ、変わった」

「ああ、わたしは！」暗い生気のない声だった。「そうかもしれない！　でも、生きているあいだは、生きなくちゃいけない──あなた、どう思う？」

「そうだよ、ぼくもそう思う。生きているのに死んだようなのは最低だ」

「そうね！」怖いくらいきっぱりと彼女は言った。

「ご主人は？」

「ああ」と彼女が言った。「あのことで、もう生きるのを止めてしまった。でも、わたしには生きてほしいと、心底思っている」

「それで、きみ自身は、どうなの？」

彼女はわたしを見上げ、奇妙な目つきになって、わたしの目を覗きこんだ。

「よく分からない。助けが必要。あなた、どう思う？」

「ああ。できることなら、生きなよ」

「だれかの助けが必要だとしても？」

その言葉は、奇妙に屈折しながら、直球だった。

「そう、もちろんだ！」

「それがいいと思うの？」

「ぜったいだよ！　まだ若いんだし――」と言いかけると、彼女がぱっと訊いてきた。

「それじゃ、リディングス館まで来てくださる？」

「ご主人とお義母さんに会うのかい？」

「あなたに会いたがってるわ」

「きみは、ぼくに来てほしいのかい？」

「ぜひ！　来て！　ね、いいでしょう？」

「もちろん、そんなに言うなら」

「じゃあ、いつ？」

「いつでも。きみのお望みの日に」

「ほんとうに？」

「えっ、もちろん」

「家の呪いは怖くない？」

「この**ぼく**がっ！」とびっくりして叫んでしまった。あまりにもびっくりしたので、彼女は例の女学生っぽいくすくす笑いをした。

「じゃ、大丈夫ね。月曜は？　ご都合はどぅ？」

その段取りを決めてから、彼女を駅まで送った。

リディングス館を外から見たことはあった。ダービーシャー州にある古い石の館で、ミドルトン村の外れにあった。するどい破風《はふ》が三つあり、大通りからそれほど奥まっていない所に立っていた。家の背後には、庭園の代わりに、暗鬱な荒れ野が広がっていた。

月曜のダービーシャー州の山々は暗かった。緑の野は、とても暗い、暗緑色で、石垣も、ほとんど真っ黒に見えた。裂けた緑の窪地に深く抱かれた小さな駅も、暗く、冷たく、石造りで、冥界のようだった。

ラスキル卿が、駅に迎えにきてくれた。眼鏡をかけた茶色の目が、奇妙に見開かれていた。額のうえには、黒髪がまっすぐだらりと垂れていた。

「はるばるお出でいただき、わたしにとっては、無上の喜びです。カーロッタも、もの凄く元気をいただけると思います」

人としてのわたしは、ほとんど眼中にないようだった。わたしは、想定どおりに到着したものだった。それから、彼の不自然なほどきびきびした奇妙な物腰が気になった。

「お母様のお邪魔にならないといいのですが」彼に車に乗せてもらい、座らせてもらったわたしが言った。

「とんでもないです！」と、彼がゆっくり歌うように言った。「母も、われわれ夫婦に負けないくらい、ご来訪を心待ちにしています。ああ、母が古風なんて思わないでください。ぜんぜん違います。アートや文学やその手の事柄の流行にもの凄く通じているんです。近ごろは、超常的なもの、心霊主義〔死者の霊魂との通信の可能性を信じ、これを実行しようとする立場。イギリスでは十九世紀後半から二十世紀にかけて流行した〕なんかに惹かれていますが、カーロッタもわたしも、それが母の生きがいになるのなら、いいかなと思っています」

彼はとても丁寧にひざ掛けでくるんでくれた。召使がわたしの足元に湯たんぽを置いてくれた。

「ダービーシャー州は、ご存じのように、寒い土地ですから。とくに、山のほうに入ると」と彼がつづけた。

「とても暗いところですね」とわたしが言った。

「ええ、そう思います。暑いところから来ると。もちろん、わたしたちは、気になりません。むしろ、気に入ってるくらいです」

彼は、妙に小さく、縮んでしまったように見えた。その長い頬も、血の気がなかった。それでも、物腰自体はずっと明るくて、よくしゃべると言ってもいいくらいだった。だが、わたしにではなく、顔を持たない空気に向かって話していた。彼にとって、わたしはそこに存在しなかった。彼は独りごとを言っていたのだ。一度だけわたしを見た時の彼の茶色の瞳は、うつろな穴ボコだった。そこには、うつろで剝き出しの恐怖だけがあった。彼は、その虚無の窓から外を見つめて、そこにわたしがほんとうにいるかどうかを確かめていた。

リディングス館に着く頃には、もう暗かった。家の正面には扉がなく、二階の二つの窓だけに明かりが点いていた。あまり客を歓待しているようには見えなかった。建物の横から中に入ると、寡黙な男の召使が来て、わたしの荷物を運んだ。

無言のまま、死んだような家の、二階に上がった。わたしたちの音が聞こえていたカーロッタは、階段のうえで待っていた。すでにきちんと着替えていて、その両の腕は長く、白く、渋い緑のドレスのうえには、何かがきらきら光っていた。

「あなた、来ないんじゃないかと、ほんとうに心配したのよ」手を差し出しながら、彼女はくぐもった声で言った。泣き出しそうに見えた。でも、もちろん、そんなことはなかった。

暗色の羽目板にはさまれ、青の絨毯の敷きつめられた廊下が、奥のほうに消えていた。ある種のやるせない暗鬱さがあった。わたしの荷物を持った召使が何も言わず、遠く小さくなっていった。家の物質が固まってしまったような奇妙な不快感があった。死んだ物質が厭らしく勝ち誇る感があった。しかし、館は、温かいセントラルヒーティングだった。

カーロッタは気を取り直し、それでもくぐもった声で言った。

「自分の部屋に行く前に、お義母様に会ってお話しになる？　お義母様はお喜びになるわ」

いきなり、小さな客間に入った。壁には水彩画が掛かっていた。黒い服を着た白髪の婦人が、注意ぶかく立ち上がりながら、身を屈めて振りかえり、扉のほうに目をやった。

「お義母様、モーリエさんです」とカーロッタがくぐもった早口で言った。「今、ご自身のお部屋にご案内するところです」

未亡人の母親は、でっぷりと大きい腰から上を前に屈めて、数歩進み出ると、手を差し出した。鳥のとさかみたいな髪の毛は、雪のように白かった。奇妙な青い目が凝視した。老いているのによく保存された婦人のピンク色のやわ肌のなかに、点のように小さい瞳孔があって、世界を見つめていた。レースの肩掛けをして、胸の前で結んでいた。黒いシルクに包んだでっぷりした腰からわずかに前に傾けた上半身は、ほどほどに細かった。

長いあいだ、じっと、わたしを見すえながら、彼女が何かつぶやいた。鳥のように鋭く、冷たく、遠く彼方を見つめる視線で、鷹が獲物を求めて空から下を遠くまで鋭く睥睨《へいげい》するようだった。それから、ぼそぼそと小声で、部屋にいた一組の男女を紹介してくれた。背が高く、顔が短く、色が黒くて鼻の下にかすかに髭の生えた若い女の横に、赤ら顔で、髪がほとんどなく、灰色の小さな口髭を生やした、タキシード姿の太った男がいた。目の下の隈《くま》が黄色かった。名をヘイル大佐といった。

まるで、降霊会の最中に邪魔したみたいに、三人とも気まずそうだった。わたしも何と言っていいか分からなかった。これまでまったく会ったことのない人たちだった。

「さあ、いらっしゃい。お好みの部屋を、ご自分で選んでね」とカーロッタが言ったので、わたしは黙って礼をしてから、彼女について部屋を出た。老義母は、どっしりした腰に根を生やしたみたいな立ち姿で、体を半分ねじって、フェレットのような青い目で、去りゆくわれわれの姿を追った。薄くかすかに、ピンクのやわ肌の額の生え際近くに、アーチ形のほとんど見えない眉毛があり、その上に、雪のように白い、鳥のとさかのような髪がそびえていた。彼女は、頑固に自分を守る遠い場所から、一瞬たりとも外に出てこなかった。

カーロッタ夫妻とわたしの三人は、重い足取りで、無言のまま廊下を進むと、廊下がカーブした。誰も、何も言えなかった。突然、ラスキル卿が、突き当たりの部屋の扉を激しくバタンと開けた。鬱と怒りと罪悪感が混じりあった顔を、わたしに向けると、こう言った。

「さあ、幽霊の出る部屋にお泊まりいただきましょう。大した風に見えないかもしれませんが、この館の貴賓室です」

かなり大きな部屋で、あせた赤の羽目板には金箔の名残りがあった。おなじみの古く大きいマホガニー材の家具が置かれ、色あせた白っぽい大きな薔薇をあしらった色あせた桃色の大きな絨毯が敷かれていた。石の暖炉に、火が赤々と燃えていた。

「どうして?」かつては美しかった、色あせた絨毯の広がりを見渡しながら、わたしが言った。

「どうして、って?」とラスキル卿が言った。「どうして、あなたをこの部屋にしたか、ってことですか?」

「ええ! いや、そうじゃなくて! どうして、ここが貴賓室なのかってことです」

「ああ、つまり、ここの幽霊は、女王陛下と同じくらい稀にしかお出ましいただけないのです。それで、女王陛下よりもずっと縁起がいいのです。幽霊の恵みのほうが、ずっと、はるかに、大きいのです」

「恵みって、どんな？」

「家運です。必ず、家運を立て直してくれるのです。だから、あなたに泊まってもらって、彼女をおびき出したいのです」

「このわたしがどんな誘惑になるっていうんですか！　家運を立て直すだなんて！　そんなこと、必要ないじゃないですか」

「それが……！」彼が言いよどんだ。「お金というわけじゃないんです。お金なら、慎ましくやれば何とかなります。でも、お金以外のこととなると――」言葉がとぎれた。わたしはカーロッタが言った「わたしには二人分の運があるから」という言葉を思い出していた。気の毒なカーロッタ！　今では、やつれてしまった。とくに、顎の先あたりに疲れが出ていて、顎が尖ってきてしまっている。今は、暖炉のそばの椅子に座って、石の炉格子の上に足を乗せて、前屈みになりながら、手で火から顔をさえぎって、まだ顔色を気にしている。前屈みになると、彼女の幅広の白い肩の肩甲骨が、ドレスの下に見えた。だが、絶望のようなものが、彼女のなかから全ての命を吸い取ってしまったようだった。今の彼女は、疲れきって、活気がなく、気持も干からびてしまっていた。見ているのが辛かった。男の腕に抱かれて、その体を愛してもらい、また火を点けてもらえばいいのにと、ふと思った。もし、彼女に男にそうさせる勇気があればの話だけれども、そこが難しかった。彼女の体のなかの勇気が、くずおれてしまっていた。精神だけで戦いつづけていた。彼女は、自分の生きた体を取り戻さなければいけない――生きた体だけがそれをできる。

「それで、その幽霊ですけど」と、わたしは彼に訊いた。「ぞっとするほど怖いんですか?」

「ぜんぜん! とても美しいそうです。でも、わたしも見たことがありませんし、知りあいで見た人はいないんです。でも、あなたがここにいらして、誘い出してくれないかと思っていました。ご存じのように、母は、あなたについてのメッセージを受け取ったので――」

「え! 何の話ですか?」

「あ、そうか! あなたはまだアフリカにいたんですね。霊媒師がこう言ったのです――「アフリカにいる男だ。Mが、ふたつ、見える。彼は、あなたの家のことを思っている。彼が家に来ると、いいことが起こる」――母は頭を抱えてしまいましたが、カーロッタが即座に、「マーク・モーリエのことだわ」と言った」

「だから、あなたに来てもらったわけじゃないのよ」と、カーロッタが振り向いて、すぐ言った。まぶしくないように、手を目の上にかざしながら、わたしを見つめていた。

わたしは、何も言わずに、ただ笑った。

「でも、もちろん」とラスキル卿がつづけた。「あなたがこの部屋に泊まらなければいけないというわけではないのです。他の部屋も同様にご用意させていただいています。ご覧になりますか？」

「それで、幽霊は、どんな風に出てくるのですか？」わたしはすこし話題を変えて、訊いた。

「ええ、わたしもほとんど分かりません。どうも、とても有難い気配のような存在らしいです。そのくらいしか分かりません。どうも、幽霊が現れた相手にとっては、歓迎すべき存在のようです。とても好ましい《グラティッシマ》ようです！」

「そりゃ最高だ《ベニッシモ》！」

召使が戸口に現れて、何かささやいたけれども、わたしには聞こえなかった。この家の者は、カーロッタとラスキル卿を除くと、息を殺してつぶやくのが決まりらしい。

「何て言ったの？」と、わたしが尋ねた。

カーロッタが答えた。

「この部屋に泊まるかどうか訊いたのよ。表側の部屋に泊まるかもしれないと言っといたわ。それから、お風呂に入りますか、って」

「はい、入りますよ!」とわたしが言った。それをカーロッタが女中に伝えた。

「頼むから、ぼくには、大きな声でしゃべってくれ!」と、わたしは、えりの糊《のり》をきかせた制服を着て戸口に立つ初老の堅苦しい女中に言った。

「かしこまりました!」と女中は声を張り上げた。「それで、お風呂は、熱くいたしましょうか、ほどほどにいたしましょうか?」

「熱いやつを頼む!」と大砲をぶっ放すくらいに叫んだ。

「かしこまりました!」と女中ももう一回、声を張り上げた。踵《きびす》を返して姿を消す時に、その老いた目がキラリとかがやいた。

カーロッタが笑い、わたしはため息をついた。

食卓は、六人で囲んだ。わたしの正面に座ったのは、肝臓をやられた初老男といった風情の、青い目の下に、黄色いしわを作った、桃色の顔の大佐だった。彼の隣には、彼方からの観察者といった風情の、ラスキル卿の老母が座った。そのピンク色の老いたやわ肌の顔には剝き出しの感じがあった。

点のように小さく青い瞳の印象もあって、ほんものの現代の魔女の顔と言えた。

わたしの左隣は、色の浅黒い若い女で、その細く黒い腕にはほとんど見えないくらいの産毛が生えていた。首が黒っぽく、黒く平らな眉の下に、固い無表情な黄褐色の瞳があった。幸い、粉おしろいは付けてなかった。取りつく島のない女で、何度か話しかけてみたものの、不毛な結果に終わった。そこで、こう言ってみた。

「紹介された時にお名前を聞き逃してしまいました」

女の黄褐色の瞳が数瞬、じっとわたしの目を見つめた。それから、こう言った。

「ミセス・ヘイル！」それから、テーブルの反対側を見やった。「ヘイル大佐はわたしの夫です」

わたしの顔のうえに、驚愕の表情が浮かんだのだろう。彼女はとてもふしぎそうに、わたしの目をじっと覗きこんだ。その含みはよく分からなかったが、長いあいだ、怖い目つきで見つめられた。わたしは、スープを飲むのにうつむいた大佐の禿げた桃色の頭を眺めた。それから、自分のスープに戻った。

「ロンドンは楽しかったの？」とカーロッタが訊いてきた。

「いや！　暗澹、暗澹」とわたしが言った。

「ひとつも、いい所なし？」

「ひとつも！」

「いい人に会わなかった?」

「ぼくの考える「いい人」はいなかった」

「あなたの考える「いい人」って?」カーロッタがすこし笑いながら訊いてきた。

他の連中は石だった。地割れに向かって話しているみたいだった。

「ああ! 自分で分かってれば、探しに行くさ! でも、感傷的なヤツは嫌だ。一見いじいじめじめ感じてばかりなのに、実は底意地の悪いヤツらだ」

「だれのこと、考えてるの?」——魚料理が運ばれてきた時に、カーロッタがわたしを見上げた。疲れきっていても、彼女にはいたずら心があった。他の連中は、幻影同然だった。

「このぼくが? いや、だれも! というか、だれもかもだ! いや! 戦没者記念碑での追悼式典のことを考えていた」

「あなた、行ったの?」

「いや! まちがって、出くわしてしまった」

「感動的じゃなかった?」

「いや、蠕動的《ぜんどう》! 感情よりも大腸が動いた」

彼女は、魚から顔を上げて、わたしを見ると、くすりと笑った。

「何が悪かったの？」

大佐と未亡人の老母がそれぞれ、魚は食べずに、小皿に盛られたライスを食べているのに、気がついた。二人の皿は、わたしたちの後に出された。何たる謙虚さ！　それに、白ワインも飲んでいない。ワイングラスが置かれていなかった。高峰エヴェレストの雪のようなはるかな遠さが、二人のまわりに漂っていた。未亡人は、時折、雪のなかから顔を出す白いエゾイタチみたいに、テーブルの向こう側から、わたしをじっと見た。彼女には、自分の善さ、正しさを信じ、その鍵も握っていると思う人間の、冷たい雰囲気があった。遠くから、愚昧に、自分の叡知を信じこむ者の気配があった。こうしてべらべらしゃべっているわたしも、氷河でぴょんぴょん跳ねているとされるあの驚異のノミと同類なのだ。

「何が悪いって？　何もかもだよ！　雨のなか、じめっとした群衆が、頭をじめっと剝き出しにして、じめっとした菊やちくちくするガマズミを捧げて、じめじめ感じている！　びしょびしょの群衆感情が蒸気になって、むっと立ちこめている！　ああ！　こんなことが許されちゃいけない」

カーロッタの顔が沈んだ。戦争が象徴する死を、自分の体にまた感じていた。

「死者に敬意をはらうことに反対なんですか？」老母の秘密めいた声がテーブルを渡って、

こちらに来た。白エゾイタチに吠えられたようだった。

「死者に敬意をはらう！」びっくりして、心が全開した。「あれで死者に対する敬意になると思いますか？」

本心からの問いだった。

「敬意をはらうのが目的だということは、死者にも伝わると思います」と老母が答えた。

わたしは腰を抜かした。

「もし、ぼくが死者の一人で、じめっと濡れた大群衆がじめっとした菊やちくちくするガマズミを持って近づいてきたら、敬意をはらわれたと思うでしょうか？　いや、ゲェッとしますよ！　冥界のどん底まで逃げますよ！　ああ！　気色悪い！」

男の給仕が、ヒツジのローストを持ってきた。老母と大佐には、ソースをかけた栗だった。それから、ブルゴーニュ・ワインを注いだ。いいワインだった。表面だけの会話が中断した。老母は、白エゾイタチが雪のなかで獲物をむさぼるように、何も言わずに、食べた。時折、青い目で刺すように、食卓を見まわした。完全に引きこもった視線だったが、全員がきちんと給仕されているかどうかは、とても注意ぶかく観察して、抜かりのないようにした。「モーリエさんにフサスグリのゼリーを」とか、まるで自分のテーブルのことのように、ささやいた。彼女の隣のラスキル卿は、すっかり上の空だった。時折、母が息子にささやくと、息子もささやき返していたが、わたしにはまったく聞きとれなかった。大佐は、食べることが今では辛い義務になったみたいな暗い顔で、栗を呑みこんでいた。肝臓が悪いのだ、とわたしは思った。

ひどい夕食だった。カーロッタ以外は、一言も聞きとれなかった。他の連中は、まるで喉頭が音の墓場になっているみたいに、言葉が喉のなかで死んでいた。

カーロッタは陽気な女主人として場を盛り上げようとしていたが、なぜか、何も言わずに、一見控えめにしている老母が、女主人の権威を盗み取ってしまっていた。そして、ウサギの血をすする白エゾイタチのように陰惨に、その立場にしがみついていた。カーロッタは何度もわたしに辛そうな視線を投げてきて、わたしの考えを知ろうとした。けれども、わたしは何も考えていなかった。ただ凍りついていた。ラスキル卿は存在することをやめて、墓のなかで食べていた。わたしは、とてもとても美味しい、温かいブルゴーニュ・ワインを飲んだ。

「モーリエさんのグラスにお注ぎして！」と老母がささやき、まん中に黒点のあるその青い目を、一瞬、わたしのグラスのうえに止めた。

「美味しいブルゴーニュ・ワインは最高です！」と、わたしは愛想よく言った。

彼女は、かすかに頭を傾けて、何かささやいたが、聞きとれなかった。

「え、何とおっしゃいました?」

「気に入っていただき、大変結構でした!」老母が繰り返した。声を張り上げて、同じことを言うことへの嫌悪感が伝わってきた。

「ええ、すばらしいです! 美味しいなあ!」と、わたしも返した。

黒い雌狐みたいに、背を伸ばし、頭をつんとして座り、物音一つ立てずにあたりに注意をはらっていたミセス・ヘイルが、一体どういう奴だと言いたげに振り向いて、わたしを見た。ちょっとだけ興味を引かれたのだ。

「ああ、ありがとう!」と歌うようなラスキル卿のささやき声も聞こえた。「もうすこし、いただこう」

躊躇していた給仕が、ワインをグラスになみなみと満たした。

「ほんとうにごめんなさい。ワインが飲めないの」と、カーロッタが上の空で言った。「わたし、変な気分になっちゃうから」

「いや、みんな、変な気分になるんですよ」と、大佐が、自分の存在を無理に示すかのように言った。「ただ、その変な気分が好きな人と嫌な人がいるだけです」

わたしは、驚いて、彼を見た。どうして、ここで口をはさむのだろう？　大佐は、元気だった頃は、酒に酔うのが好きだったような顔をしていた。

「そうじゃないのよ！」と、カーロッタがぴしゃっと反論した。「人によって、ぜんぜん、ちがうのよ」

決めつけるように言ったので、ますます、霜が降りたようになった。

「おっしゃるとおり！」と大佐が言いかけた。深みに溺れかけて、藁にもすがる心地だった。

だが、カーロッタは、急に、わたしのほうを向いた。

「でも、どうして、人によって、ぜんぜん、ちがうのかしら？」

「時と場合でも、ちがってくるよね」わたしは、ブルゴーニュ・ワインを飲みながら、ニタニタしていた。「どんな風に言われているか知ってる？　アルコールが人の心に働きかけると、われわれは意識や反応の古層に連れていかれる。――でも、ぜんぜん、刺激を受けない人がいて、その場合は、神経の拒絶反応だけが起きる」

「わたしの場合は、ぜったい、その神経の拒絶反応だわ」と、カーロッタが言った。

「高等な生き物はみんなそうです」と、老母がつぶやいた。

「犬もウィスキーが大嫌いですよね」と、わたしが言った。

「なるほど、たしかに！」と、大佐が言った。「怖がっちゃうんだ！」

「この意識の古層について、よく考えてみるんです。古層に帰るのは、怖ろしい退行のように思われていますけど。ぼくは、前に進みたいので、すこし戻るという感じです」と、わたしが言った。

「どこに戻るの？」と、カーロッタが訊いた。

「ああ、よく分からない！　でも、ちょっと温もりを感じられるところです。羽目を外してグラスを割っちゃう時みたいに。分かります？」

たっぷり飲んだぞ、もっと飲むぞ《ジャヴォン・ビアン・ビュ・エ・ヌウ・ボワロン》！
グラスを割って、弁償するぞ《カソン・レ・ヴェール・ヌウ・レ・ペイユロン》！
みんな《コムパニヨン》！　よく見ろ《ヴォワイエ・ヴ・ビアン》！
よく見ろよ《ヴォワイエ・ヴ・ビアン》！
ほら《ヴォワイエ》！　ほら《ヴォワイエ》！　よく見て《ヴォワイエ・ヴ・ビアン》、
おれたちに、かわいい姐ちゃん《ク・レ・ドゥ・モワゼル・ソン・ベル》

　付いてくるぞ《ウ・ヌウ・ザロン》

この古い兵隊の歌の文句を、老母がセロリとナッツサラダを食べ終えようとしている時に、図々しく歌ってみた。バランスのいい小粋な小声で、満面の笑みを浮かべながら、結構上手に歌ったものだから、老母の皿を取りに来た給仕も、こっそりこちらを盗み見た。「ほら！臆病者も弛《ゆる》んできたぞ！」と、わたしは思った。

ヤマウズラを食べ、フランを呑みこみ、デザートになった。わたしの歌については、だれも、何も、言わなかった。カーロッタでさえ！　わたしは牡蠣を呑みこむみたいに、ひと口で、フランをごくりと呑みこんだ。

「おっしゃるとおりです！」と、胡桃をつぶす音のなかで、ラスキル卿が言った。「中世バイキングの意識とか古代ローマの謀反人カティリナの意識を復元できたら、とてもいいですよね！」

「バイキングですか！」わたしは、口をあんぐり開けた。カーロッタが激しくくすくす笑った。

「バイキング、いいじゃないですか？」卿は何も考えずに尋ねた。

「バイキングですか！」と繰り返して、わたしはポートワインを飲みこんだ。それから、眉が濃く、取りつく島のないミセス・ヘイルを顧《かえり》みた。

「どうして、何もおっしゃらないんですか？」と訊いてみた。

「何を言えばいいんです？」と、その考えに怯えながら、彼女が言った。

わたしは食べ終えた。究極の啓示を待ち望むみたいな顔で、ポートワインにじっと見入っていた。

老母は、フィンガーボウルの水で指先をこちょこちょと洗うと、ナプキンをテーブルの上にきっぱり置いた。かつて洒落者だった大佐が、ぱっと立ち上がると、彼女の椅子を引いた。

「**殿方の時間**《プラース・オ・ゾム》」が来た！　わたしも、ミセス・ヘイルに胸かき乱すようなお辞儀をすると、彼女はぐるりと円を描くように遠回りして、わたしの横を過ぎた。

「あまり、ゆっくりしないでね」と、カーロッタがわたしを見つめて言った。彼女のゆったりした薄茶と緑が混ざった瞳は、茶目っけと切なさと絶望のあいだで揺れていた。

老母も、まるでわたしなど眼中にないかのように、わたしの横をのっそり通り過ぎた。大きな腰の上に前屈みに乗ってゆくようで、頂《いただき》に白いとさかのような髪があった。歩きながら、心ここにあらずといった風で、何か考えこんでいる様子だった。

わたしが扉を閉め、それから、殿方たちのほうを向いた。

　最初の酒場《ダン・ラ・プルミエール・オベルジュ》で
　しこたま飲んだ《ジュ・バン・ビュ》ぞ、ほい！

小さな声で歌ってみた。

「そのとおり！　まさに、そのとおり！」と、ラスキル卿が言った。

ポートワインをみんなで回した。

「この家は、大掃除みたいなことが必要だな」と、わたしが言った。

「まさに、おっしゃるとおり！」と、ラスキル卿が言った。

「ちょっと死臭がただようぞ！」と、わたしが言った。「酒神バッカスと愛の神エロスに来てもらって、この家をうるわしく、美しく、生まれ変わらせたいな」

「バッカスとエロス、ですか？」と、ラスキル卿が、大真面目な顔で、バッカスとエロスに電話をかけて来てもらうみたいに言った。

「特上のバッカスとエロスだ」と、わたしも、少なくともフォートナム・アンド・メイソンのような名店から取り寄せるみたいに言った。

「でも、「特上」って、具体的にどういうことですか?」と、ラスキル卿が尋ねた。

「ああ、いのちの火だ! ここは死臭がただよっているから」

大佐が、その太い生気のない指で、不安そうにグラスをいじった。それから、暗い目でわたしを見上げて、尋ねた。

「そう思います?」

「そう思いませんか?」

彼は、釉薬《うわぐすり》をかけたような空ろな青い目で、わたしを見つめた。目の下に、死を思わせる黄色い隈があった。彼は何か問題を抱えている。壊れている。明るく健康的な太っちょであるはずの男だった。それほどの年でもなかった。多分、まだ六十になっていない。でも、彼のなかの何かが崩れてしまっていて、どこからか、異臭がただよってきた。

「それで」目を大きく、切羽詰まって挑むように見開いて、わたしを見つめたかと思うと、視線を落として、自分のワイングラスを見た。「わたしたちが意識する以上のことが、わたしたちに起きているのです!」それから、また、わたしを見上げると、灰色のちょび髭の下の厚い唇をきっと結んで、釉薬のかかった目で挑みかかってきた。

「そのとおり！」と、わたしは言った。

彼は、そのとろんとして身の毛のよだつ目で、わたしを凝視しつづけた。

「ああ！」——急に、彼の体が動いた。ばらばらに分解して、崩れ落ちて、壊れてしまったために、力が抜けて自然になったように見えた。「おっしゃるとおりです！　わたしは、まだ二十歳の坊主だった頃に、妻と結婚した——」

「ミセス・ヘイルと？」と、わたしが声を上げた。

「いや、今の妻じゃなくて——」彼は頭をぐいっと扉のほうに投げた。「最初の妻です」——沈黙が降りた。彼は、恥じいるようにわたしを見ると、また、頭を落として、親指と人差し指でつまむように持ったワイングラスを何度も何度も回した。回るグラスをじっと見つめながら、話をつづけた。「二十歳で結婚して、その時、彼女は二十八でした。だから、彼女に結婚させられたと言ったほうがいいかもしれません。そういうことです！　子どもは三人できました——もう結婚している娘が三人いるのです。——それで、うまくやっていました。ある意味、わたしは妻に甘やかされていました。何も考えませんでした。満足していたのです。尻に敷かれていたわけではありませんし、いろいろ問い詰められることもありませんでした。妻はいつもわたしを好いてくれましたし、わたしはそれを当たり前に思っていました。当たり前だと思っていました。彼女が死んだ時も——わたしはテッサロニキ〔ギリシャの港町で、第一次世界大戦時の連合国の拠点〕の戦地にいて——当たり前だと思いました。お分かりになるでしょうか。それが、戦争では、日常茶飯事でした。生きること——死ぬことが。帰ったら寂しくなるだろうと予測はできました。——と、その時です。生き埋めになったのです——爆弾が落ちて——塹壕が崩れて——わたしは変になって、イギリスに返されることになりました。ビスケー湾の外に出たのは夕方で——それから、イングランド南西部のリザード灯台の光が見えたその瞬間、ルーシーがわたしを待っていることが分かりました。わたしの横にルーシーがいるのを、今あなたがそこにいるよりも、まざまざと感じました。お分かりになるでしょうか。その瞬間、目がさめて、彼女に気づいたのです。彼女はもの凄いインパクトでした。とてつもなく強く、大切な存在になっていて、それ以外のすべてが色あせて消えてしまいました。お分かりになりますか？　彼方に、リザード灯台の光がまたたいていて、そこに祖国がある。そして、それ以外のすべては、妻のルーシーなのです。ルーシーのスカートが広大な夜の闇を覆いつくしているように感じました。ある意味、とても怖かった。でも、それは、自分がうまく適応できないんじゃないだろうかという怖れでした。「そうか！　妻のことを何も知らなかったのだ！」と感じたのです。妻は、それほどまでにとてつもない存在でした！　わたしは赤子のような気分になり、子猫のように無力に感じました。――それで、お信じにならないかもしれませんが、その日以来、今日のこの日に至るまで、妻はずっとわたしと一緒なのです。彼女にわたしの言うことが聞こえているのも、よく分かっています。でも、あなたに話すのは許してくれるでしょう。夕食時に、それが分かりました――」

「それで、どうして、再婚したのですか?」

「妻の命令です!」彼の頬骨のあたりが心もち黄色くなった。「彼女が「結婚しなさい! 結婚しなさい!」と言うのが、聞こえる気がしたのです。ここの老奥様も、ルーシーからの冥界メッセージを受け取った――奥様は生前のルーシーと大親友でした。わたしは、再婚など考えていませんでしたが、再婚せよという同じメッセージを、老奥様も受け取った。それから、霊媒師が、結婚相手の娘の特徴を詳しく説明しました。それが今の妻です。話を聞いて、すぐに分かりました。娘たちの友人です。メッセージはどんどん執拗になっていって、夜寝ていると三度、四度と起こされるようになりました。老奥様にぜひ求婚しなさいと強く勧められ、プロポーズして、受諾されました。今の妻はまだ二十八で、ルーシーが結婚した年と――」

「今のミセス・ヘイルと結婚したのはどのくらい前なのです?」

「一年ちょっと前です！　それで、なすべきことをしたと思っていました。ところが、結婚式を終えると、すぐに、ものすごい恐怖に襲われたのです――まったく説明がつかない――わたしは意識を失いそうになりました。今の妻に「病気なの？」と訊かれたので、「病気だ」と答えました。二人でパリに着きました。わたしは死ぬと思いました。医者に行くと言って出かけて、気がつくと、教会で跪《ひざまず》いていました。そこで、安らぎを見出し――そこに、ルーシーがいました。彼女の腕に抱かれて、わたしは赤子のように憩いました。二時間ほど、跪いたまま、ルーシーの腕のなかにいたのでしょう。こんな気持になったのは、彼女が生きていた時には決してなかった。ああ、以前は、その種のことに耐えられなかった！　わたしがそうなったのは、妻が死んだ後――死んだ後――です。それで、今では、もうルーシーの霊に逆らえません。逆らったら、彼女の腕にまた抱かれて憩うまでは、とことん苦しんで、和解しないではいられません。このようにしか、わたしは生きられません。ルーシーは、わたしが今の妻に近づくのを許さないのです。わたしは――わたしは――わたしは、怖くて、今の妻に近づけません――」

彼が、わたしを見上げた。去勢されたその青い瞳に、恐怖と、屈辱と、恥ずべき秘密と、一種の自己満足の表情があった。

「一体、どうして、死んだ奥さんは、再婚を勧めたのでしょうか?」と、わたしが言った。

「分かりません。分かりません。わたしより年上だったのです——だから、いろいろと考えていたのは、彼女のほうでした。とても頭のいい女でした。わたしのほうは、ぜんぜん知的ではありません。彼女が好いてくれているのを、当たり前のように思ってました。彼女は一度も嫉妬の感情を見せたことはありません。でも、今、考えると、ずっと嫉妬していて、それを隠していたのかもしれません。わたしには分からない。思うに、わたしと結婚したことにも屈折した気持があって、わたしと別れようと思い、若妻に譲ろうとしたけれども、後で思い直して、できなくなったのかもしれません。そんな気もします。何か、思いがあるみたいなんです。彼女が生きている時は、ぼく、そんなこと、考えもしなかった。それが、今じゃ、彼女以外のことは考えられません。まるで、彼女の霊が、ぼくの体を生きたがっているみたいです。というか——いや、ぼくには分からない——」

彼の青い瞳に釉薬がかかって、恐怖と自己満足的な恥辱の表情がうかび、魚の目のようになった。小さな鼻と、自分に甘そうな厚い唇と、かつては美しかったであろう顎先を持つ、永遠に呑気な十三歳の少年といった風貌なのに、今では、心配と不安に腐臭ただよわせる男になりはてていた。

「今の奥さんは、何と?」

「ええ、彼女のことがなければ、ぼくもそれほど気にはしないのでしょうけど」と、彼が答えた。「彼女は何も言いません。老奥様がすべてを説明したのです。それで、その、今の妻も、あの世の霊魂のほうが、単なる喜びよりも大切だということで——言いたいことお分かりになりますよね——納得しました。老奥様は、これはわたしの次の生まれ変わりの準備だと、おっしゃっています。次の生でのわたしの役割は、「偉大な女性」に仕えて、その女性がきちんとこの世で認められるために力を尽くすことらしいです——」

彼がまた見上げた。この屈辱を誇ろうとしていた。

「ああ、めちゃくちゃ面白い話だ!」とラスキル卿が叫んだ。「母は、次の生まれ変わりでは——これも霊媒師のメッセージなんだけれど——人間の虐待から動物を救うために、この世に降臨するらしい。だから、肉食を嫌っていて、何かを殺すことにも一切反対だ」

「それで、老奥様は、あなたの死んだ妻とのやりとりを応援してくれるの?」と、わたし。

「ええ! 助けていただいています。ルーシーと、その、意見が食い違う、って言うんでしょうか、ルーシーの霊とそういうことが起こった時には、老奥様が仲介してくださいます。その仲介を受けて、わたしは愛されていることを確認して、心が安らぐわけです——」

こっそり、ずるそうに、こちらに視線を投げた。

わたしが言った。

「あなたは、ぜんぜん、まちがってる！　ぜったいに！」

ラスキル卿が口をはさんだ。

「つまり、あなたは、現夫人とは、まったく一緒に住んでいない、ということですか！　これまで一度も住んだことがないんですか？」

「より高い世界からの要請がありますので」と、大佐が暗い顔で言った。

「へえ！」と、ラスキル卿。

わたしも、びっくりして、目を丸くした！　町で女をナンパして、一週間くらいその女と遊び呆けてから平気で家に帰り、ニコニコ愛想をふりまきそうなタイプの男なのに！　今では、こんなていたらくだ！　彼が、ルーシーの霊と同じくらい、眉毛が濃く陰気なこの若妻を怖れているのは、火を見るよりも明らかだ。あちらを立てれば、こちらが立たず、両方立てれば、まちがいなく、身が立たない状況だ！

「ああ、実に面白い話だ！」と、ラスキル卿がしみじみ述懐した。「いい状況とは言い難いけれど。どこかで何かがまちがっている——さあ、そろそろ、二階に上がる時間だ」

「まちがってるよ！」と、わたし。「大佐！　さあ、逃げないで、ちゃんと振りかえって、徹底的に、決定的に、最初の奥さんの霊と戦って、それを片付けなくちゃ！」

大佐は、それでも縮こまったまま、怯えた目でわたしを見たが、食卓から立ちあがる時には、心なしか元気になっていた。

「どう進めればいいのです？」と、彼が訊いた。

「ぼくなら、霊の気配がしたら、彼女と向きあって、『おまえは地獄に落ちろ！』って言ってやる」

ラスキル卿が大声で吹き出した。それから急に口をつぐんだ。扉が音もなく開いて、白髪と点のような不気味な瞳が見えたかと思うと、老母が部屋に入ってきたのだ。

「ここにわたしの書類を置き忘れたと思うのよ、ルーク」

「はい、お母さん！　ほら、そこに！　今、二階に上がるところでした」

「どうぞ、ごゆっくり！」

息子がおさえた扉から、頭を前に突き出し、また出ていった。大佐は、身がすくんで、頬骨のあたりが黄色くなった。

男たちは、小さな客間に上がった。

「ずいぶん、待たせたわね」と、カーロッタがわれわれ全員の顔を覗きこんで言った。「コーヒーがさめてないといいけど。さめちゃってたら、また淹《い》れ直しましょう」

彼女が注ぎ、ミセス・ヘイルが一人一人に手渡した。浅黒い若妻は、小麦色のまっすぐな腕を突き出して、砂糖をくれた。女の黄と茶のまざった不動の瞳でじっと見つめられて、わたしも女を見返した。この館では透視力が身につくのか、わたしには、背を伸ばした彼女の体の曲線が見えた。浅黒く強い肌の太ももにまばらに生えているであろう黒い体毛も見えた。三十になる女だ。一度も結婚しないのではないかと心底怯えていたのだ。今の彼女は、催眠術にかかったようだった。

「夜は、いつも、何をしているのですか?」と、わたしが訊いた。

彼女はびっくりしたみたいに、こちらを向いた。話しかけられると大抵そうなるのだ。

「何もしません」と、女は答えた。「話をします! それから、時々、老奥様が本を読んでくれます」

「何を読むのですか?」

「心霊主義の本です」

「ずいぶん退屈そうだなあ」

女はまたわたしを見たが、何も言わなかった。彼女から何かを引き出すのは難しかった。こちらが話しかけると歯向かってくるというのではなく、ただ、浅黒い体の受動的で否定的な抵抗のなかに沈んでいた。一瞬、だれにも口説かれたことがないのだと気づいて、はっとした。明らかにそうだった。だが、たしかに、今の若い男は、おだてられたり、色目を使われたり、仕掛けられるのに慣れていて、女は男を喜ばせる努力をするものだと思い込んでいる。そして、ミセス・ヘイルは決してそんなことをしなかったし、やり方も知らなかった。これが、わたしには、謎だった。彼女は、受け身で、動かず、抵抗する受動性のなかに閉じ込められていた。だが、その下に、炎が燃えていた。

ラスキル卿が来て、わたしたちの隣に座った。卿は、大佐の告白に影響されていた。

「この館は退屈じゃありませんか」と、ミセス・ヘイルに言った。

「どうしてですか?」

「だって——楽しみがほとんどないでしょう。踊るのはお好きですか?」

彼女がふしぎそうに、卿を見下ろした。

「ええ」

「それじゃあ、下に行って、レコードをかけて、踊りましょう。四人いますから——もちろん、あなたもいらっしゃいますよねえ？」と、卿がわたしに言った。

それから、老母のほうを向いた。

「お母さん！　わたしたちは、午前の部屋《モーニング・ルーム》に行って、踊ってきます。お母さんもいらっしゃいますか？　大佐、あなたは？」

老母がじっと息子を見た。

「行きましょう。ちょっと拝見しましょう」と言った。

「よろしければ、わたしが、自動ピアノ〔穴をあけたロールを用いて、演奏を再現できるようにした特殊ピアノ。装置を外せば、普通のピアノとしても使用可能〕を弾きましょうか」と、大佐も名乗り出た。

みんなで下に降りた。インド更紗のカバーを掛けた椅子や小さな敷物を脇に片付けた。老母は椅子に座り、大佐がどんどんピアノを弾いて、わたしはカーロッタと、ラスキル卿はミセス・ヘイルと踊った。

カーロッタと踊っていると、静かな慰めがおとずれた。彼女はとても静かで、遠くに心があり、ほとんどわたしを見なかった。それでも、朝の光に身をゆだねる花のような彼女に触れるのは、素晴らしかった。わたしの手の下の、温かく絹のような彼女の肩は、やわらかく、気持よかった。それは、大人になると滅多に花開かない子どもの直観のような第二の知を通して、わたしを知っていた。子どもの時に知りつくしていた二人が、今、大人の男女になって、さらに、豊かに、互いを知りつくすようでもあった。もしかしたら、現代人にあって、この裸の直観が開花するには、長い苦しみと挫折を経ないといけないのかもしれなかった。

彼女が、自分の人生すべての重荷と緊張を投げ捨てて、裸の自分をそっと、わたしの腕のなかにあずけてくれたのが、わたしにも分かった。わたしは、ただただ、このまま、彼女といて、彼女に触れていたかった。

それでも、二つ目の踊りが終わると、彼女はわたしを見て、主人と踊ろうかしら、と言った。そこで、わたしは、ミセス・ヘイルの力強い受け身の肩を抱くことになった。彼女のだらんとした手を、わたしの手が握った。そして、もう一度、その色の黒い汚そうな首を見下ろすと――賢明にも、彼女は、粉おしろいを使っていなかった。彼女の催眠術をかけられたような体の浅黒さを見ていると、まばらに黒い体毛の生えた彼女の太ももの、かすかに黒ずんだ光沢が幻視された。まるで、その藤色の絹のドレスの下から、半ば野生の動物の肢体が、透けて光って見えるようだった。それは今、救いのないそれ自身の無言の冬のなかに、囚人のように閉じこめられていた。

彼女には彼女なりの鈍重な直観があって、わたしが藪のなかに潜む野生の女を見つけて、彼女に魅かれているのに気づいていた。それでも、彼女は、わたしから目をそむけて、わたしの肩越しに、その黄色い瞳で、ラスキル卿を見つめていた。

わたしなのか、ラスキル卿なのか、どちらが最初にそこに至れるかという問題だった。しかし、彼女は、ラスキル卿を好んだ。いくつかのことがなければ、わたしを選びたかっただろうに。

卿が、ふしぎな変化を見せた。夜会服のなかの彼の体に、いのちの火が点《とも》ったみたいになった。瞳には、向こうみずな光が宿った。その細長い頬に、かすかに紅《くれない》が差し、黒髪が額のうえにハラリと落ちた。はじめて彼に会った時には確かにあった、近衛兵独特の飛びきりの人生の幸福感が戻っていた。いや、今は、その時よりも、さらに華やいでいて、さらにふてぶてしかった。狂気の気《け》もあった。

卿は、気味が悪いくらい愛情と親切心にあふれて、カーロッタを見下ろした。それでも、わたしに彼女を渡すことは喜んでいた。彼もまた妻を怖れていたのだ。妻に自分の不運がおよんでしまうと思っているみたいだった。ところが、色黒の若妻ミセス・ヘイルにはおよばないだろうと、勝手にその場の衝動で思いこんだ。だから、わたしにカーロッタを渡して、ほっと一息ついた。わたしといれば、彼女も彼の不幸な宿命から解き放たれると思ったみたいだった。そして、彼のほうも、そもそも呪いのおよばないミセス・ヘイルとなら、安心できた。

わたしはまた、カーロッタと一つになり、嬉しかった。たとえようもなく壊れやすいあの完全な静けさが二人のうえに降りて、心が安らいだ。ついに霊性と肉体性が融合する瞬間だった。それまでは、いつも、断片的だった。それが、少なくとも、今この時は、欠けるところがなく、満ち足りていた。やわらかく、しなやかで、完全な体の流れだった。そこには、子どもの頃よりもさらに深い一体感があった。

踊っていると、彼女がかすかにぶるっと震えた。わたしも、空気のなかに霜の匂いを嗅いだ気がした。大佐のピアノのリズムが乱れた。

「冷えてきた?」と、わたしが尋ねた。

「さあ、どうでしょう!」と、カーロッタが答えた。そして、ゆっくり、すがるような目で、わたしを見上げてきた。一体どうして、何を求めて、わたしにすがってくるのだろう?その体をすこし強く抱いてやると、彼女の小さな乳房がわたしに話しかけてくるみたいになった。大佐は、また、リズムを取り戻した。

しかし、ダンスの終わりで、彼女がもう一度、ぶるっと震えた。わたしも、自分の体が冷えたように感じた。

「急に冷えたのかな?」と言って、わたしは暖房器具のところに行った。ヒーターは結構、熱かった。

「たしかに、冷えた気がします」と、ラスキル卿も、奇妙な声で言った。

大佐は、壊れてしまったかのように、ピアノ用の回転椅子に座って、うなだれている。

「もう一曲、行こうか? 一つ、タンゴ、やってみる? できる範囲でいいから」と、卿が言った。

「わたし——わたし——」座っている椅子をくるりと回して、大佐が言いかけた。「わたし——ちょっと——いけません」その顔が黄色かった。

カーロッタがぶるっと震えた。わたしも、体の内部に霜が降りたように感じた。ミセス・ヘイルが、岩塩の柱みたいに身を固くして突っ立って、目を見開いて、夫を見ていた。

「もう、部屋を出たほうがいいわね」と、老母が立ち上がりながら、つぶやいた。

それから、もの凄いことをした。顔を上げると、部屋の反対側をじっと見つめながら、不意に、残酷な声で、はっきりと、言った。

「ルーシー、あなた、ここにいるの?」

部屋の反対側の霊に向かって、話しかけていた。わたしのなかの奥深くで、笑いがはじけた。ワッハッハッと大笑いしたくなった。それから、すぐに、また、力が抜けた。ひやっとする闇が、急に深まり、全員が圧倒された。ピアノ椅子には、黄色い顔の大佐が背を丸くしていた。そのひきつった顔は、罪悪感に打たれて悄然としていた。冷気のきしむ音が聞こえてきそうな、身の毛のよだつ沈黙がつづいた。それから、また、鐘のように響く老母の奇妙な声が聞こえた。

「ルーシー、あなた、ここにいるの？　あなた、わたしたちに何をしてほしいの？」

ぞっとするような死の沈黙のなかで、全員が凍りついて、動けなかった。すると、どこからか、ゆっくり、二回、ざざ、ざざ、という鈍い音が聞こえた。厚いカーテンを引くような音だった。大佐は、その目に狂おしい恐怖を浮かべて、カーテンのない窓を振りかえり、それから、また、椅子のうえにうずくまった。

「この部屋を出なくては」と、老母が言った。

「ねえ、お母さん」と、ラスキル卿がふしぎな言い方で言った。「お母さんと大佐は二階にお行きなさいよ。わたしたちは蓄音機でレコードをかけますから」

それはほとんど信じられない離れ業だった。わたしのほうは、人の冷たさに打たれて、動くことができなかった。だが、回復しはじめた。正気なのはラスキル卿で、他の連中は狂っていると感じた。

それから、また、どこかよく分からない所から、二回、ざざ、ざざ、という鈍い音が聞こえた。

「この部屋を出なくてはいけません」と、老母はまた同じ調子で繰り返した。

「分かったよ、お母さん！　出ていけばいいじゃないか！　ぼくはとにかくレコードをかける」

そして、ラスキル卿が、大股で部屋を横切った。たちまち、怪獣の雄たけびのようなジャズのはじまりが聞こえた。霊の立てる鈍い音よりはるかにもの凄い音楽が、ヴィクトローラと呼ばれる不動の家具調蓄音機から放たれた。

老母は何も言わず出ていった。大佐が立ちあがった。

「大佐、ぼくだったら、行きませんけど！」と、わたしが言った。「さあ、踊りましょうよ！　今度は、ぼくが見てますから」

暗く冷たい奔流と戦っている気がした。

ラスキル卿はもうミセス・ヘイルと踊っていて、美しく、繊細に、床のうえをするする滑った。その顔は、頑固さと秘密と興奮を示すある種の笑みにかがやいていた。カーロッタはしずかに大佐のところに行くと、その手を彼の広い肩にかけた。大佐は、誘われるがままに踊りはじめたが、心はそこになかった。

すると、遠くで、激しい衝突音が聞こえた。大佐が、弾に当たったみたいに、動きを止めた。次の瞬間には、跪こうとしていた。顔が激しくゆがんでいた。明らかに、わたしたち以外の存在を感じていて、わたしたちのことは忘れていた。部屋が荒涼として寒かった。生半可なことでは、頑張りきれないのだ。

大佐の唇が動いていたが、声は聞こえなかった。大佐は、わたしたちのことをすっかり忘れて、部屋を出ていった。

蓄音機のゼンマイが止まった。ラスキル卿がゼンマイを巻きに蓄音機のほうに歩きながら、こう言った。

「母さんが、何か家具をひっくり返したんだな」

しかし、わたしたちは皆、打ちひしがれていた。

「ひどいわ!」と、カーロッタがすがる目でわたしを見上げながら言った。

「とんでもない!」と、わたしが言った。

「あなた、真相は何だと思う?」

「そんなこと、知るもんか! とにかく、止めなくちゃ。ヒステリーと同じだ。同じ類のことだ」

「そのとおり!」と、彼女が言った。

ラスキル卿は踊りつづけていた。相手の女の顔を覗きこんで、とてもふしぎな微笑を投げかけていた。蓄音機の音量がとてつもなく大きかった。

カーロッタとわたしは顔を見合わせた。もう一度踊る気力がほぼ失せていた。空虚で凄惨な雰囲気が立ちこめた。外に出たかった。すみずみまで寒く異様なこの空気から逃げ出したかった。

「さあ、ほら、踊りつづけて」と、ラスキル卿が声を上げた。

「さあ!」わたしもカーロッタに言った。

それでも、彼女は、少しためらった。これほど苦しみ、失うことがなかったら、彼女は即座に階段を駆け上がって、老義母と同様、無言の意志の戦いに加わっていただろう。今でも、その戦いに参加したいという誘惑が、これまでにないくらい強かった。だが、わたしは彼女の手を離さなかった。

「さあ！」と、わたしが言った。「一緒に踊って、葬《ほうむ》ってしまおう。正反対の方向に、事を動かそう」

彼女はわたしと踊ったものの、ぼうっとしながら、嫌がっていた。館の空ろな闇と冷たい感触と生を破壊する攻撃性に、二人は押しつぶされそうだった。わたしは今までの人生を振り返り、死んだ精神の冷たい重荷が、いかにすべてのもののすべての温もりと活力をゆっくり押し潰してゆくのかを思い出していた。カーロッタ本人もまた麻痺したようになって、わたしにまで、冷たく抵抗した。彼女のなかで、それが大規模に起きているようだった。

「生きることを選ばなくちゃ」わたしは踊りつづけながら言った。

だが、わたしは無力だった。女性の心が抵抗して聞く耳を失うと男は何もできなかった。

わたしは、体のなかで、自分の生の流れが涸れてゆくのを感じた。

「怖ろしく気の滅入る家だ」と、だらだら踊りながら、わたしは彼女に言った。「何か、しなくちゃ！　この混乱から逃げ出さなくっちゃ！　打ち破ろうよ！」

「でも、どうやって？」と、彼女が訊いてきた。

どうして急に反抗的になったのだろうと訝《いぶか》りながら、わたしは彼女を見下ろした。

「戦わなくていい」と、わたしは言った。「戦わなくていい。戦いのなかに絡めとられちゃいけない。さっと横っ跳びして、ちがう世界に着地するんだ」

彼女は、苛立たしそうに、一瞬口をつぐんだ。それから、こう答えた。

「はっきり言うけど、横っ跳びしたら、どこに着地するか、分からない」

「分かってるよ！　ほんの少し前のきみは、温もりがあって、花開いていて、とても良かった。今のきみは、閉じちゃって、とげとげしている。寒風のなかにいる。そんな風になる必要、ないよ。温かさを失っちゃだめだ」

「別に、わたしがそうしたわけじゃない」

「ちがう、きみがそうしたんだ！　ぼくに温かく接してよ。今、ここにいる、このぼくに。お義母さんと歯を食いしばって、争うんじゃなくて」

「わたしが、歯を食いしばって、お義母さんと争っている、って言うの？」

「自分でも分かってるじゃないか」

彼女がわたしを見上げた。罪悪感とすがる気配がかすかにただよった。だが、表面的には、冷たく、頑なに口を突き出して、不貞腐れていた。

「もう、やめよう」

冷やかに、何も言わずに、横並びに座った。

もう一組は踊りつづけていた。ともかく、動きは合っていた。肢体の揺れからも、それが分かった。こちらに近づく度に、ミセス・ヘイルの茶と黄色の瞳が、わたしを求めた。

「どうして、ぼくのこと、見るんだろう？」

「さっぱり分からない！」と、カーロッタが顔を冷たく顰《しか》めた。

「わたし、二階に行って、どうなったか様子を見てこなくっちゃ」と突然言って、立ちあがると、あっという間に、彼女が消えた。

なぜ、行かなきゃいけないのだろう？　なぜ、義母との意志の戦いに駆けだしていかなくちゃいけないのだろう。そのように戦うと、失われるかもしれない生をまちがいなく失ってしまうことになる。そのような憎しみの緊張からは、撤退以外に、前向きな解決策は何もないのに。

音楽が終わった。ラスキル卿が蓄音機を止めた。

「カーロッタは行っちゃった？」

「そうみたいです」

「なぜ、止めなかったの？」

「暴れ馬でさえ、彼女を止められませんでしたよ」

卿は、実際に手を上げて、お手上げの気持を示した。

「女って頑固だな」と言った。「あなたも踊る?」

わたしは、ミセス・ヘイルに目をやった。

「いや、お邪魔はしません。自動ピアノを弾きましょう。やっぱり、蓄音機じゃ」

わたしは、時間の経過をほとんど忘れてしまった。二人が踊ってるかどうかもお構いなしに、弾いて、弾いて、他のほとんどすべてを忘却した。ある元気な曲の真っ最中に、ラスキル卿に腕を触られた。

「カーロッタが話してる! 「店じまい」だとさ」

いつものラスキル卿の歌うような声だったが、今は、いじわるな戦いの響きが聞こえた。カーロッタが、腕をぶらんぶらんさせて、悔悛する女学生みたいに立っていた。

「大佐がお休みになりました。今夜は、ルーシーの霊と和解することがかないませんでした。お義母様から、「大佐が眠れるよう、みんな協力するように」とのことです」

カーロッタのおっとりした目が、わたしの目と合った。疑い、悔悛し——という風にわたしの目には映ったが——いくぶんスフィンクスのように謎めいてもいた。

「はい、もちろん」と、ラスキル卿が言った。「世界中のすべての眠りが、大佐のうえにおとずれますように」

ミセス・ヘイルは、一言も発しなかった。

「母さんも、寝るところ?」と、卿が訊いた。

「ええ、そうだと思う」

「ああ! それなら、二階に行って、夜食のトレーに何か用意されてるか、見てみよう」

二階に行くと、老母は、就寝前の飲み物をアルコールランプで温めながら作っていた。ミルクと何かひどく無害なもののミックスだった。サイドボードの所に立って、飲み物をかき混ぜていて、わたしたちにはほとんど気づかなかった。作り終わると、湯気を立てたカップを持って、腰を下ろした。

「お母さん、ヘイル大佐は大丈夫なの?」ラスキル卿が、部屋の向こうの母親を見た。

老母は、盛り上がった白髪の下の目を見開いて、息子を見返した。目と目の戦いが、数瞬間あった。そのあいだも、彼は、自然体のやんちゃで洒脱な楽しさを失わなかった。ちょっとだけ狂っていた。

「いけません! とても悪い状態です」と、老母が言った。

「ああ!」と、息子が答えた。「大佐のために何もできないのは、実に残念だ! でも、血のかよった体が何もできなければ、ぼくとしては、お手上げだ。——ダンスを楽しんでくれさえすれば——ぼくたちにとっても——最高だったのに！　ぼくたちはずっと、自分が血のかよった体であることを忘れてきたんですよ。お母さん」

彼は、ウィスキー炭酸割りのグラスを取り、わたしにも一つくれた。痺れるような沈黙が降りて、そのなかで老母が熱い飲み物をすすり、卿とわたしはウィスキーをすすり、若い女性たちはサンドイッチをつまんだ。みんな、信じられないくらい沈着冷静なふりをして、頑なに口を閉じていた。

口火を切ったのは老母だった。彼女は沈んでゆく船のようだった。人目をしのぶ動物みたいに、うずくまって自分のなかに消えていこうとしていた。彼女が言った。

「皆さんは、もう寝るんでしょう？」

「お母さんは、寝ればいいよ！　ぼくたちも、すぐに行くから」

彼女が立ち去った。残された四人は、しばらく、何も言わずに座っていた。部屋が居心地よく、空気が芳《かぐわ》しくなった気がした。

「さあ、さあ！　この幽霊話、どう思う？」ついに、ラスキル卿が、口を開いた。

「どう思うかって？」と、わたしが言った。「かもし出される雰囲気が嫌だな。幽霊だって、霊魂だって、そりゃあるかもしれない。死者には死者の居場所があるだろう。居場所がないってことはあり得ないから。でも、ぼくは、幽霊とかは、特に何にも感じない。あなたは?」

「うーん! 感じないな! 直接は感じない! 間接的な影響は、あると思う」

「この心霊主義ってやつは、おそろしく憂鬱な空気を作りだす」と、わたしは言った。「けっとばしたいね」

「そのとおり! でも、そうすべきかい?」と、彼独特のえらくまともっぽい口調で訊いてきた。

それを聞いて、笑ってしまった。彼が何を訊きたいのかはよく分かった。

「そうすべきかどうかってことかどうかは分からないけど。ぼくは、ほんとうにけりたくなったら、我慢できなくなったら、けとばす主義だ。ぼく自身のほんとうの気持の他に、何か正当な理由ってあるの?」

「おっしゃるとおり!」彼はフクロウのような瞑想的な視線をじっとこちらに投げてきた。

それから、こうつづけた。

「その! 急に、夕食の時に、思ったんです。わたしたちはみんな、もの食らう死体だって! あのホワイトソースをかけた小さなキクイモを見ているあなたが目にとまったのです。

と、不意に、ひらめいたのです。あなたは、体が生きていて、キラキラしていた。他のみんなは、体が死んでた。分かりますか、体が死んでいたのです。他の点では、ちゃんと生きているのに。でも、体が死んでた。野菜をとろうが肉をとろうが関係なかった。わたしたちは、体が死んでいた」

「でも、頬っぺたをビンタしてやれば、生きかえるよ！　あなただって、ぼくだって、だれだって」と、わたしが言った。

「わたしには、かわいそうなルーシーの気持がよーく分かります！」と、卿が言った。「ねえ、そうでしょう。彼女は、生きているあいだは、自分が血のかよった肉だということを忘れてしまっていて、死んでから、そんな自分が許せないんです――そして大佐のことも許せないんです。たしかに、死んでからそのことに気づくのは、ずいぶん辛いことだ。死んだら、もう、基盤となる血と肉がないんだから。だから、つまり、血のかよった肉であるということが、とてもとても大切なんです」

彼がえらく真剣なまなざしを投げてきたので、他の三人は、居心地が悪くなって、同時に笑い出した。

「ああ、でも、本気で言ってるんです。体があって、血がかよっていて、生きているのが、どんなに凄いことかが、心底分かったのです。それに比べたら、死んで、単純に霊魂になるのは、実に凡庸なことです。実にありきたりなことです。でも、ぼくたちには、顔があって、腕があって、腿があって、生きてるんです！　ああ、気がついてよかった！　気がつくのに、間に合ってよかった！」

彼は、ミセス・ヘイルの手を取って、その浅黒い腕を、自分の体に押しつけた。

「ああ、でも、気がつかないうちに死んでしまったら！」と叫んだ。「イエス・キリストが復活して、触れてはならぬ存在になったのは、何て気の毒な話なんでしょう！　「われに触れるな《ノリ・メ・タンゲレ》」〔『ヨハネ福音書』二〇章一七節〕と言わなくちゃいけないなんて、ほんとうにひどい！　ああ、ぼくは、触ってほしい。生きているこのぼくに触ってほしい！」

彼は、衝動的に、ミセス・ヘイルの手を、自分の胸に押しつけた。カーロッタの目から、ゆっくり溜まってきた涙が、膝に置いた手のなかに、こぼれ落ちた。

「泣いちゃだめだよ、カーロッタ！」と、卿が言った。「どうか、泣かないでくれ！　われわれは殺しあったわけじゃないんだ。結局、きちんとし過ぎていただけだろ。霊が肩を並べているみたいになってしまったんだ。互いに格闘する亡霊みたいになってしまった。ああ、きみには、自分の体を取り戻してほしい。ぼくも、自分の血のかよった体を持ちたいよ、カーロッタ、そして、きみにも、自分の体を持ってほしい。ぼくたちは、それとは反対の生き方をしようとして、あまりにも苦しんできた。子どもたちだって、ぼくたちの頭でっかちの意地と抽象ばかりの人生から生まれたわけだから、死んで、それでよかったんだ。ああ、聖書みたいに叫びたくなる！　われをふたたび肉体でつつみたまえ、わが骨を腱と筋肉でくるみたまえ、血の泉よ、われのすみずみまで行きわたりたまえ。わが霊は、空中に剝き出しの神経のごとし」

カーロッタは泣きやんでいた。頭を垂れて、まるで眠っているみたいに、座っていた。その小さく垂れた乳房の上下動は、まだ重さが残っていたものの、大きな安らぎの波に揺られていた。眠っているうちに、彼女の体のなかで、ゆっくり、憩いの夜明けがおとずれたように見えた。すっかり力が抜け、だらんと、くずれて座っている彼女を見て、わたしは、磔《はりつけ》で十字架に付けられたのはイエス一人ではなく、女性こそがそれ以上に容赦なく、むごたらしく張りつけられ、体を傷つけられたのだ、ということを悟った。

とんでもない思いではあった。だが、その思い以上に、行われたことのほうが、とんでもなかった。ああ、イエスよ！　あなたは、あなた一人が磔にされるのは不可能だということを知らなかったのか？　あなたとともに十字架にかけられた二人の泥棒とは、あなたの妻と母という二人の女性のことだったのだ。その二人を、あなたは、泥棒と呼んだのだ！それなら、二人は、自分の女の体を十字架に付けたあなたのことを、何と呼ぶのだろう？礫《カルバリ》の地の、忌まわしき三位一体！

カーロッタのことを、わたしは限りなくいとおしく感じた。彼女は、まだ、触れられる状態ではなかった。それでも、わたしの魂は、熱い血のように、彼女のほうに流れていった。彼女は、頭を垂れて、だらんと、壊れてしまったように、座っていた。だが、壊れたのではなかった。それは、人生最大の解放だった。

卿は、自分の胸に若い浅黒い女の手を押しつけたまま、座っていた。その顔は血の気が差して生き生きしていたが、やはり呼吸は重く、目を見開いてはいても何も見えない状態だった。その横で、ミセス・ヘイルが背筋を伸ばし、何も言わずに座っていた。だが、彼女は彼を愛していた。彼女には、無表情に、まるで彼方にいるみたいに、背筋を伸ばして座る女の強い力があった。

「モーリエさん！」と、卿がわたしに言った。「カーロッタを助けられるようなら、助けていただけますか？　今のわたしには、何もできないのです。わたしたちは、死ぬほど互いを怖れているので」

「できるかぎりのことをしましょう」と、わたしはうなだれているカーロッタの強そうな体つきを見ながら言った。

まったくの沈黙のうちに座っていると、暖炉の火がかすかにはじけた。その状態がどのくらい長くつづいたのか、わたしには分からない。だが、扉が開いても、だれも驚かなかった。入ってきたのは大佐だった。美しい金襴のガウンをまとい、眉根を寄せていた。卿は浅黒いミセス・ヘイルの手をぎゅっと握って、自分の太ももに押しつけたままだった。彼女のほうも、動かなかった。

「ぼくを助けてもらえませんか?」と、戸を閉めながら、暗い声で、大佐が言った。

「どうしたんですか、大佐?」と、卿が訊いた。

大佐が、卿を見た。卿と浅黒い大佐の若妻の握りあう手を見た。わたしを見て、カーロッタを見た。それでも、憂いと怖れと惨めさにみちたその表情は変わらなかった。彼にとって、わたしたちはどうでもよかった。

「眠れないんです!」と、彼が言った。「また、調子が悪くなって! 頭のなかが冷たい空洞になったみたいで、心臓がばくばくいって、何かに強く締めつけられるみたいで。ルーシーなのです! また、わたしのことを憎んでいるのです。我慢できません」

半分釉薬がかかったみたいな憑かれた目になって、わたしたちを見た。大佐の顔は、皮膚のしたで肉が崩壊してゆくようだった。腐りかけていた。

「ねえ、もしかしたら」と、卿が言った。今夜は、彼の狂気が正気に見えた。「もしかしたら、ルーシーを憎んでいるのは、あなたのほうじゃない？」

卿の奇妙な集中力のおかげで、すぐにわたしたちは、大佐の体のなかにある憎悪に似た緊張を感じとった。

「わたしが？」大佐は、ぱっと罪人のように顔を上げた。「このわたしが？　わたしがあなただったら、決してそんなことは……」

「だから、そこが問題なんじゃないですか」と、卿が言った。狂っていて、美しく、落ち着いていた。「どうして、かわいそうな彼女に、やさしい気持を持てないんですか！　生前は、だまされて、多くのものを奪われていたのです」

彼は片足を生のなかに置き、もう片足を死のなかに置いて、両方の世界を知っているようだった。それが、わたしたちには、狂気のように見えた。

「このわたしが！　このわたしが！」口ごもる大佐の顔が見ものだった。怖れ、拒絶、驚愕、怒り、反感、混乱、そして、罪の意識が、次から次へと現れては消えた。「――わたしは、妻に、やさしくしてやった」

「ええ、そうでしょう!」と、卿が言った。「たしかに、あなたは、死んだ奥さんに、やさしくしてあげた、かもしれない! でも、あなたの体は奥さんにやさしかったですか? そこが問題です。あなたの体は、死んでしまったルーシーの体にやさしかったですか!」

卿は、わたしたちより、幽霊のことをよく知っているみたいだった。

大佐が、卿を、茫然と見た。大佐の視線が上がり、下がり、上がり、下がり、また上がって、また下がった。

「わたしの体!」茫然として、大佐が言った。

そして、目を皿のように丸くして、絹のガウンのしたの小さく丸く出た自分の腹に目をやり、青と白のパジャマをはいた自分の太った膝を見下ろした。

「ぼくの体!」茫然と、繰り返した。

「そうです!」と、卿が言った。「ねえ、分かりますか。あなたは、彼女にとてもやさしかったのかもしれません。でも、かわいそうな彼女の体に対して、やさしかったことがありますか?」

「欲しいものは何でも持たせてやりました! ぼくの三人の子にも恵まれたのに」と、雷に打たれたみたいな顔をして、大佐が答えた。

「ええ、ええ、たしかにそうだったのでしょう！　でも、あなたの男の体は、彼女の女の体にやさしかったことがありますか？　そこが肝心！　結婚式で「われ、わが体もて、なんじを崇拝す」って言うでしょう。そこが肝心！　そこから逃げることはできません」

大佐の妻の手を強く握ってそれを自分の腿に押しつけながら大佐を難詰する卿の姿は、実に奇妙でもあった。卿の顔には、生き生きとして純真な表情があった。その黒い目は、千里眼の率直さにかがやき、狂気を思わせた。その狂気が究極の正気なのかもしれなかった。

大佐は昔を振り返っていた。彼の顔に、ゆっくりと理解の光が広がった。

「もしかしたら」と、彼が言った。「もしかしたら！　その点では、彼女を蔑《ないがし》ろにしてたのかも。そうだったのかも！　そうだったのかも！」

「あなたのしたことは、ぼくにも分かります」と、卿が言った。「妻のことを構ってやる価値のない女みたいに扱って。ぼくだって、同じことをしたんです！　今になって、それがひどいことだって、妻に対してと同様、自分に対してもひどいことだったんだって、分かりました。――かわいそうな彼女の幽霊は、苦しんで、ほんとうの体を持たなかったんです！　体で崇拝するのはそんなに簡単なことではありません。ああ、教会が「われ、わが体もて、なんじを崇拝す！」の秘跡をきちんと教えてくれればいいのに！　そうなれば、夫を敬い夫に従う女は十分に報われるのに。——でも、それが、ルーシーがあなたに取り憑いている理由です。あなたが彼女の体を嫌い、蔑ろにして、彼女は生きている時からすでに亡霊だったのです。だから、死後の世界で、今でも痛みに引きつる神経みたいに、泣き叫んでいるのです」

大佐は頭を垂れて、ゆっくり、ゆっくり、考えた。全身を使って、考えた。若い妻は、いわば茫然と、その沈んだ禿頭を見つめていた。彼の人生は、彼女の人生とかけ離れているように見えた。——カーロッタが顔を上げていた。彼女は、また美しくなっていた。新しい気づきのやわらかい夜明け前の清々《すがすが》しさがあった。彼女は卿を見つめていた。彼女にとって、卿は、明らかに、別の男になっていた。彼女が知っていた、かつての夫は姿を消して、ふしぎな人間ばなれした生き物がそこにいた。彼女は驚嘆の念に打たれていた。人はこれほどまでに変われるのだろうか？　まったく違う生き物に生まれ変われるのだろうか？　ああ！もしそうだとしたら！　彼女自身も、彼女が知っている彼女自身も、消えてなくなれたら！忌まわしい呪いが縁で結婚したあの古い自分が消え失せ、繊細な野性を持つ新しいカーロッタに生まれ変われたなら！

「そうだったのかも！」大佐が頭を上げた。「そうだったのかも！」気づきがおとずれるにしたがい、彼の魂は解き放たれてゆくように見えた。「ぼくは、ぼくの体で、妻を崇拝しなかった——他の女をそのように愛したことは、あるかもしれない。いや、ないかもしれない——でも、妻には、やさしくしてやったと思いこんでいたのだ。彼女はそれを欲していないと思いこんでいた——」

「思っても、意味ないよ。わたしたちはみんな、それを欲している！」と、卿が強く言った。「そして、死ぬ前に、そのことを知る。死ぬ前にね。いや、死んでからの場合もあるかも。でも、とにかく、みんながそれを欲している。その人の言動がどんなものであるかに関係なく。そう思わないかい、モーリエさん」

話しかけられて、わたしはびっくりした。ずっとカーロッタのことを思っていたのだ。スウェイト美術学校で鉢植えのサボテンを描いていた頃のような少女にまた戻っていると思っていたのだ。そして、今では、若い時の頑ななある種の我意が消え失せていて、わたしが初めて会った頃の彼女より、かえって若くなっていた。今の彼女には、かつてはなかった、花のような乙女のしずけさがそなわっていた。人はなるがままに身を任せることができさえすれば、生まれ変われるものだと、わたしはずっと思ってきた。

「そのとおりだよ、ぜったい」と、わたしは卿に答えた。

だが、新しく生まれ変わった場合、その新しい体は元の環境に合わないのではないかと懸念してもいた。

「あなたはどうなの、ルーク？」と、カーロッタが不意に訊いた。

「ぼく！」と叫ぶと、卿の頰があざやかな紅に染まった。「ぼく！　ぼくは、語るに値しない存在だ。大人になってからずっと、体のない亡霊みたいに愚痴ってきた口だから——」

大佐は一言も発しなかった。ほとんど聴いてもいなかった。彼は、考えに考えていた。彼なりの勇気があった。そして、口を開いた。

「あなたの言うことが分かる気がするんです。わたしが死んだ妻の体を愛さなかったのは、否定できません。今となっては、遅すぎると思うけれども」

そして、顔を上げた。厳しい表情がそこにあった。罰を受ける覚悟のある顔だった。何かが間違っていることを漠然と知ったからだ。どんな罰でも、訳も分からず苦しみ悶えるよりはましだった。

「さあ、そうだろうか！」と、卿が言った。「今からでも、真心をこめて彼女を少し愛してやったらどうだい？　きみの心のなかで彼女をなぐさめてやったらどうだい？　きみの体で、かわいそうな霊にやさしくしてやったらどうだい？」

大佐は答えなかった。じっとラスキル卿を見つめていた。それから、向きを変え、頭を垂れて、独り、深い沈黙のなかに入った。それから、頭を垂れたまま、ゆっくりと、ガウンを開いて、胸をさらけ出し、パジャマの一番上のボタンを外した。腰を下ろすと、まったく動かなくなった。白く、とても清らかな胸が見えた。その胸は、うつむいた顔よりもずっと若々しく、汚れがなかった。呼吸が苦しそうで、白い胸が不規則に盛り上がった。だが、その深い孤独のただ中で、ゆっくりと、共感と憐れみのやさしい表情が、彼の顔に浮かんだ。体の形が変わり、老いた目鼻もふしぎに若やぎ、これまで見られなかったやわらかさが青い瞳のなかに生まれた。若い花婿のふるえるようなやさしさが、彼の元をおとずれた。その禿頭も、ちょび髭の白さも、疲れた顔のしわも、気にならなくなった。情熱と共感と憐れみの純粋な魂が、彼のなかで目をさました。顔のうえ、瞳のうえに、若さが花開いた。

わたしたちも、憐れみと共感に動かされながら、とてもしずかに座っていた。何かが、花の香りのように、空気のなかにいた。時間の花が開いて、春の匂いを放つようだった。大佐は、何も言わず、虚空を見入っていた。彼のなめらかな白い胸にわずかに黒い毛が生えていた。その胸が開いて、いのちの鼓動とともに上がったり下がったりしていた。

浅黒い顔の若妻は、遠くから、夫を眺めていた。彼のうえに戻った若さは、彼女のためのものではなかった。

老母が来るのは分かっていた。遠い自室でかすかに身をふるわせながら念波を送るのが、わたしには感じられた。すぐに、わたしは、戦いの準備を整えた。戸が開いた。わたしは立ち上がって、部屋を横切った。

老母は、彼女らしく、音を立てずに来た。戸のところから覗きこむ、とさかのような白髪の頭が見え、それから、体がぐいっと入ってきた。大佐はさっと彼女に目をやると、絹のガウンの胸元を摑んで、さっと自分の胸を隠した。

「大佐の状態が心配なので」と、老母がつぶやいた。

「いや！」と、わたしが答えた。「みんな、椅子に座って、ゆったり、くつろいでます。大丈夫です」

ラスキル卿も立ち上がった。

「まったく心配ないですよ、お母さん！」と、彼が言った。

老母は、わたしたち二人をちらと見やってから、重々しく大佐のほうを向いた。

「今夜の彼女は、不幸せですか？」と尋ねた。

大佐がたじろいだ。

「いや！　いや！　そんなことありません！」と急いで答えた。おずおずと、バツが悪そうに、彼女を見上げた。

「わたしにできることがあれば、教えてくださいね！」と、老母は大佐のほうに身を屈めながら、とても低い声で言った。

「お母さん、今夜は、この館の幽霊が、歩いています！」と、ラスキル卿が言った。「春の空気を感じませんでしたか？　スモモの花の香りがしませんか？　わたしたちみんなが若々しくなったように感じませんか？　わたしたちの幽霊が歩いているのです。ルーシーをふるさとに連れていってくれるのです。大佐の胸はほんとうに素晴らしい胸です。わたしの胸より若々しいその胸に、すでにルーシーは受け入れられました。彼女は彼の胸のなかにいて、その胸は、木々を吹き抜ける風のように息をしています。大佐の胸は、白く、ほんとうに素晴らしく美しいですよ、お母さん。かわいそうなルーシーがそこに帰りたがって落ち着けないのももっともです。でも、ついに、その胸のふるさとに戻れるのです。それは、幽霊にとって、スモモの花が咲き乱れる果樹園に入ってゆくようなものです」

老母は、振りかえって息子を見、また振りかえって大佐を見た。大佐は、何かを守るみたいに、ガウンの胸元をまだ摑んでいた。

「奥様、わたしは自分のどこが悪かったのか分からなかったのです」大佐が、すがるように老母を見上げた。「自分の体が彼女にやさしくなかったことに思いが至らなかったのです」

老母の体が傾《かし》いで、彼を見つめた。だが、老女の力は失われていた。彼の顔は、共感のいのちにやわらかくかがやいて、すべすべに、花開いていた。彼は、老女の手の届かないところにいた。

「もう、あきらめたほうがいいよ、お母さん。ねえ、わたしたちの幽霊が歩いているんだ。——クロッカスの花そっくりと言われる幽霊だ。大地の春の到来を告げてくれるから。ぼくの曾祖父の日記にそう書かれている。女の幽霊が、足元に咲くクロッカスのように、心の空洞に咲くスミレのように、沈黙のうちに現れる。彼女は、手と足と、腿と胸と、顔とすべてを隠す肚《はら》の霊である。名は沈黙につつまれている。だが、彼女は、春の匂いがする。そして、触れることがすべてである——」卿は、男子だけが読むことを許される曾祖父の日記を声に出して読んでいた。読みながら、体を伸ばして、ふしぎなつま先立ちになって、指を広げ、両手を合わせるようにして、指先同士がタッチした。彼の父も、深く感動した時に、同じ動きをした。

老母は、大佐の横の椅子に、どしんと腰を下ろした。

「ご気分は?」と、大佐にこっそりささやいた。

彼は老女のほうを向き、大きく、青い、率直な瞳を投げた。少し、びくびくしながら言った。

「何が悪いのか、まったく分からなかったのです。ルーシーは家のない、居場所のない霊にならないために、少しだけ構ってもらいたかっただけでした。今は、大丈夫! 彼女は、ここで、元気です――」彼は、ガウンの胸元を掴んだ手を自分の胸に押しつけた。「大丈夫です! 大丈夫です! 彼女ももう大丈夫です」

大佐が立ち上がった。金襴のガウン姿は少し突飛だったが、男らしさと落ち着きと率直さが、戻っていた。

「もしお許しをいただければ、これで部屋に下がらせていただきます」――大佐が軽く頭を下げた。「さ、さ、支えていただき、有難うございます。わたしには分からなかった――分からなかった――」

だが、彼はすっかり変わっていた。心のなかに驚異の念があふれていた。彼は、わたしたちのことをほとんど忘れて、部屋を出ていった。

ラスキル卿は、さっと両手を上げるると、身をふるわせながら伸びをした。

「ああ、失礼、失礼！」伸びをしながら、大きく、光りかがやくようになって、燃える念波を浅黒く若い女に送った。「ああ、お母さん、ぼくの手足とぼくの体をありがとう！　お母さん、今ここにある、ぼくの膝とぼくの肩をありがとう！　ああ、お母さん、ぼくのまっすぐに伸びた生きている体をありがとう！　ああ、お母さん、春の奔流だ、だれが言ったか知らないけど、春の奔流だ！」

「あなた、浮かれてるんじゃないの？」と、老母が言った。

「いや、そうじゃない、そうじゃない！　ああ、お母さん、馬に乗る時みたいに、人は自分の太ももに恋をしなくちゃ。生きているあいだはずっと、生きているあいだはずっと、そんな具合に恋をしていなくちゃ。意識だけの死体になっちゃだめだ。ぼくの体を作ってくれたお母さん、ぼくの体をありがとう。白い髪のふしぎな女の人！　あなたのことはよく知らないけれども、ぼくの体はあなたから生まれました。だから、ほんとうにありがとう。今夜は、あなたを思います！」

「みんな、部屋に戻ったほうがいいんじゃないの？」老母は、ガタガタふるえはじめた。

「ええ、そのとおり！」と、彼が言った。振り向いて、浅黒く若い女に奇妙な視線を送っていた。「ええ、戻りましょう！　戻りましょう！」

カーロッタは、卿をじっと見た。それから、重い、ふしぎな、探る視線を、わたしに向けた。わたしが微笑むと、彼女は顔をそむけた。浅黒いミセス・ヘイルは、部屋を出てゆく時、肩越しに振り返った。老母は、頭を下げたまま、息子の横を、急ぎ足で過ぎた。だが、息子は、母の肩に手を置いた。母がぴたっと止まった。

「お休みなさい、お母さん、ぼくの顔と腿のお母さん！　今宵これからも、ありがとう、ぼくの体のお母さん！」

老母は、一瞬、ちらりと、不安げに、息子を見上げると、そそくさと消えた。卿は、母の後ろ姿をじっと見つめながら、明かりを消した。

「おかしなお母さんだ！　今まで、彼女がぼくの頭だけではなく肩や腰のお母さんだったことに気がつきもしなかった。ぼくの太もものお母さん！」

部屋を出てゆく時に、彼が明かりのスイッチを消した。彼はわたしの部屋までついてきた。「ねえ」と、彼が言った。「ルーシーのさみしい霊が大佐の胸に憩って、彼も幸せを取り戻したんだね。結局、二人は夫婦だった！　彼女も、やっと、落ち着いたことだろう。大佐の胸は美しい！　そう思わない？　二人でゆっくり眠れるだろう。それで、大佐も、また、生者の人生をはじめられる。――今宵の館の雰囲気は、なんて温かいんだろう！　結局、ここがぼくのふるさとだ。それに、あのスモモの花の匂い！　気がついたかい？　あれは、この館にいる幽霊だ。沈黙につつまれている。クロッカスの花に似ている。――あ、火が消えたね！　でも、いい部屋だ！　わたしたちの幽霊があなたの元をおとずれますように。多分、来ると思う。彼女に話しかけたらだめだよ！　話しかけたら、消えてしまう。彼女もまた、沈黙の幽霊だ。わたしたちは、あまりにも喋りすぎる。さあ、ぼくも口をつぐんで、沈黙の霊になろう――おやすみなさい！」

そっと戸を閉めて、彼は去った。そっと、無言のまま、わたしは服を脱いだ。わたしはカーロッタのことを考えていた。二人の周囲の状況のせいか、わたしは少し哀しかった。今宵、わたしは、このわたしの体で、彼女をあがめたかった。彼女も、そのあがめられるべき裸の体で、ベッドに横たわっているのかもしれなかった。だが、今の時点で、周囲の状況と戦うことは、わたしにはできなかった。

これまで、わたしは、最も厳しいものも含めて、周囲の状況とさんざん戦ってきた。もう、これ以上、愛のために、暴力を使いたくなかった。欲望は神聖なものだから、それを傷つけたくなかった。

「しずかに！」と、わたしは自分に言った。「さあ、眠ろう。わたしの沈黙の霊が、繊細な欲望の体のなかに放たれて、未知の出会いを求めて泳いでいけるように。さあ、わたしの幽霊を自由に行かせて、わたし自身は、邪魔しないようにしよう。この世界には、たくさんの触知できない出会いがあり、欲望の知られない成就があるのだから」

こうして、望みどおり、しずかに、わたしの体のクロッカスの花に似た温かい幽霊に干渉せずに、眠りにおちた。

眠りの森の迷路をどんどん降りていって、わたしは、世界のほんとうの中心に達したのだと思う。イメージや言葉の層を超え、暗い記憶の鉱脈を超え、安らぎの宝石の数々さえ通り過ぎて、ものを言わず音も立てず姿かたちさえ持たないのに生きて泳ぐ魚のように、暗い忘却の川に沈んでいったのだろう。

その深い夜のただなかに、幽霊が来た。そこは忘却の大洋のただなかであり、生のただなかでもあった。何も聞こえず、触れたかどうかも分からないその場所で、わたしは彼女に会い、彼女を知った。どのように知ったのかは、わたしにも分からない。それでも、わたしは、目ももたなければ、翼ももたない知を得た。

人の体は、数限りない時代を重ねて作られてきた。その中心には、小さな点のような閃光があり、すべての生成はそこを起点とする。それは、「自分」とさえ言えないような、その人の数多の深みのかなたの深みに埋もれている。人のなかのその深みが声を上げて、他の深みに呼びかける。そして、他の深みがその深みにどう応えるかによって、人は光りかがやき、自分自身を超えてゆく。

幾世紀もの意識の真珠膜のすべての覆いのかなたで、深みがまた深みに向かって呼びかける。時に、応えが返ってくる。呼びかけるのは、人の深みで新たに目ざめた神——他の深みから応えるのも、生まれたばかりの神。そして、わたしの時のように、自分の幽霊の呼びかけに応えるもう一つの深みが女であることもある。

女を知らなかったわけではなかった。だが、夜の深みで、わたしの深みに応える女が来たのははじめてだった。深い眠りのなか、沈黙の幽霊としてしずかにおとずれた。

幽霊が来たのは分かった。それが女として、わたしの男をおとずれたのも、分かった。だが、それは、闇のように剝き出しの体験知だった。ただ、そうだと知る以外になかった。深い眠りのなか、わたしの深みで、呼びかけが起きた。深淵のなかで、その応えが、女のなかの女からあった。女の胸も、腿も、顔も、まったく覚えていないし、わたし自身の動きも覚えていない。すべては何一つ欠けるところなく、闇の深淵で起きた。それでも、わたしには、それがそうであることが分かった。

わたしは、夜明けごろに、はるか遠いところから、目ざめた。太陽が全き彼方より地平線に近づいて夜が明けるように、わたしもどんどん目ざめに近づいてゆくのが、ぼんやり分かっていた。そして、ついに、表層意識のかすかな白さに彩られて、わたしの目ざめが起きた。すると、一面に広がるスモモの花のような匂いに気がついた。魔法の絹につつまれる感触もあった。どこをとか、どうつつまれてとかの細かいことは分からない。夜明けの最初の光のようだった。

ほんのかすかに意識するだけで、それは、海の深淵にさっと降りるクジラのように、姿を消した。幽霊とわたしの結婚に他ならないそれの知も、その豊かな確かさの重みのなかで、わたしから消えた。スモモの花の匂いがわたしの意識のすみずみに広がり、たとえようのない魔法の絹の感触につつまれたわたしの手足が動きはじめると、消えた。

意識が戻ると、不確かになった。それを確実に知りたかった。確実な証拠を摑みたいのに、証拠を探そうとすると、それが消えた。欠けるところのない知も消えた。もはや、すみずみまで知ることはできなかった。

よろい戸を開けた窓に陽の光がゆっくりと溜まってゆくなかで、自分のなかに証拠を探った。そして、部屋のなかを見回した。

だが、もう、知りえなかった。それが、絶えず深まりゆく宇宙の内奥から来る美しい幽霊なのか、わたしの手足の絹の感覚が証するように女のなかの女なのか。それとも夢なのか、あるいは幻覚なのか！　わたしには、もう、知ることはできなかった。

というのも、その朝、わたしは、リディングス館を発ったのだ。老母が急に病に倒れたために。

「また、来てください」と、ラスキル卿が言った。「いずれにせよ、あなたはもう、ほんとうにわたしたちの元を離れることはできません」

「さようなら！」と、彼女がわたしに言った。「ついに、欠けるところのない時に出会った！」

別れを告げる時の彼女はあまりにも美しかった。無意識の深みの彼方で、幽霊と再会したようだった。

次の秋に、再び海外に出たわたしの元に、とても筆不精だったラスキル卿から、手紙が届いた。手紙にはこうあった。

「カーロッタに息子が生まれました。わが家の後継ぎです。小さなクロッカスの花のような黄色い髪です。果樹園の若いスモモの木の一本が、季節外れに、花を咲かせました。ぼくにとって、息子はわたしたちの幽霊が血となり肉となったものです。母も、もう、首を伸ばして、あちらの世界を覗こうとすることはありません。今の母のすべては、この生きている世界です。

こうして、わたしたちの幽霊のおかげで、わが家の血筋が絶えることは無くなりました。息子をゲイブリエルと名づけました。

ドロシー・ヘイルも、カーロッタの三日前に、母になりました。色の黒い子羊みたいな女の子で、ガブリエルと言います。べえべえ泣く感じが、お父さんそっくりです。わたしたちの息子は、目が青く、拳闘家のような危険な冷静さがあります。家の呪いが、幽霊によって懐胎した腕っ節の強いこの子に降りかかる怖れはありません。

大佐はとても幸せそうで、しずかに落ち着いています。ウィルトシャー州で農場をやっていて、豚を育てています。最高級の豚を育てることに熱中しています。たしかに、黄金色にかがやく彼の雌豚は、仏王の愛妾ディアーヌ・ドゥ・ポワティエのように美しく、雄の去勢豚も青春の赤みがかった金色にかがやいて、英雄ペルセウスのようです。大佐がぼくの目をじっと見ると、ぼくも見つめ返します。ぼくたちは理解しあう仲なのです。今の彼は、神の大いなる栄光《アド・マイヨーレム・グローリアム・ディイ》のために、豚を育てて、しずかに胸を張って、とてもかくしゃくとしています。気持のいい男です！

ぼくは、この館とその住人に惚れこんでいます。安らぎのうちにあなたをおとずれたあのスモモの花の匂いのする幽霊も含めての話です。どうして、あなたが、遠く離れた落ち着かない土地をさまようのか、ぼくには理解できません。ぼくには、この館にいる時が、一番です。ぼくの体は平安を見つけました。この世界が、折悪しく、預言者の主張どおりに、暴力的な終末を迎えるとしても、ラスキルの館は、わたしたちの幽霊に支えられて、生き延びると思います。だから、帰ってきてください。わたしたちは、ずっとここで生きつづけるでしょうから――」

トビウオ

一　メキシコを離れる

「帰レ、サモナクバ、デイブルック館ニデイ家ナシ」――沿岸の旅から戻って南メキシコの無名の町のホテルに溜まった郵便のなかから最初に読んだのは、この国際電報だった。署名はなかったが、差出人と文の意味はすぐに分かった。

暑い十月の宵、マラリアが治りきらず、ベッドに横たわっていた。かっと高熱が出ると、まぶたの裏にはまだ、からからに乾いて殺伐とした南部の山々、木々のあいだに葦《あし》小屋ならぶ村々、疲弊した民族の倦怠、無力、哀感と美をそなえた黒い目の住民、そして、とりわけ、谷を下りて、うだるような鰐《わに》の炎暑の熱帯地域と耐えがたく焼けつく砂浜沿岸まで追いかけた、この世のものならぬ不気味な花々のことが、まざまざと浮かんだ。草木の葉脈を流れるふしぎな緑色の血や、花の顔を彩る赤や黄色や紫の血に魅せられていた。特に南メキシコの未知の植物相に夢中になった。なかでも、マヤ人、サポテカ人、アステカ人がひどく奇妙な言葉づかいで詳しく記した、神秘のエキスや毒を持つ植物を発見したかった。

彼の頭は蚊の羽音みたいにブンブンうなり、彼の足は医者にうたれた大量のキニーネ注射のせいで、感覚が麻痺し、彼の魂はマラリアに瀕死の状態だった。だから、届いた手紙はみんな開けずに床にほっぽって、できればもう二度と見たくないと思っていた。横たわりながら、薄い黄色の国際電報は手に握っていた――「帰レ、サモナクバ、デイブルック館ニデイ家ナシ」。開けた扉を通って、ホテルの中庭から、住民たちが「夜の女王《レイナ・デ・ノチェ》」と呼ぶ緑色の夜開く不可視の花の濃密な香りがただよってきた。小柄なメキシコ娘が、長い黒髪を背中に垂らし、ひだ飾りのついた綿のスカートをさっそうと揺らしながら、紅茶のカップを持って裸足でぐいっと入ってきた。「もういらない《ナダ・マース》。戸を閉めて、独りにしておいてくれ」と彼が言った。

すみずみまで知っているその緑の目立たない夜の花の強い香りを締めだしたかった。

「デイブルック館ニデイ家ナシ。
谷《デイル》ノ未来ハ昏《くら》シ」

デイブルック館ニデイ家ナシ！　世の初めからデイブルックにデイ家はあった。少なくとも彼はそのように思っていた。

デイブルック館はイングランド中部の丘々のあいだに立つ十六世紀の石の館だった。クライチ谷《デイル》が南に折れてアシュリー谷《デイル》が合流する場所に立っていた。「デイブルック館は、道と道の合流点に、三つの葉のただ中に立てり。イングランド全体ならずとも、これらの谷《デイル》の箱舟として、三つの海のあいだを進みゆく」――十六世紀に現在の館を建てたギルバート・デイ卿はそのように書いた。彼の『デイ家の書』は、筆者自らが羊皮紙に大変美しい字で清書し彩飾をほどこした家宝のひとつだった。

往時のギルバート・デイ卿は、カリブ海を股にかけ、財宝をたくわえて帰国すると、古くなったデイブルック館を自分の思いどおりに改築した。谷が細まり背後に森がそびえるあたりの、アッシュ川を下に見る小山の上に、先の尖った小ぶりで美しい館を建てた。一風変わったこのエリザベス朝の先人は次のように記す――「否、デイブルック館は谷《デイル》の箱舟なりといえども、大切なのは、館そのものならず、そのとき館に住むデイ家の主人なり。デイブルック館にデイ家の者あらば、洪水が谷《デイル》をおおいつくすことなし、洪水がイングランドを沈めることなし」

四十になろうとしているゲティン・デイは、これまでデイブルック館で長く過ごしたことはなかった。軍人だった彼は、たくさんの国をふらふらしてきた。館の主は二十歳年上の姉

普通の日が彼にとってリアリティを失った。大きな泡がひび割れたみたいになって、その裂け目の奥にもう一つの**大いなる日**の深い青がかいま見えて、不安と恐怖におそわれた。もう一つの太陽が、深い青の翼を震わせながら、動いていた。マラリアのせいかもしれなかった。自分の止めようのない成長のせいかもしれなかった。メキシコで大洪水以前から生き延びてきた、見開いた目の美しく危険な男たちの存在ゆえかもしれなかった。ゲティンの古い繋がりや慣れ親しんできた世界がくずれ落ちた。病を得て、体のまん中、臍の下あたりで、彼と昼の世界を繋げていた膜が裂けた。彼の面倒を見る現地民たちは、いつもその大いなる日を、しずかに、やさしく、重く、なすすべなく、大きな黒い瞳で見つめていることに、彼は気がついた。彼らはそこで生まれ、そこに帰りたがっていた。死に絶えゆく民族の男たちにとって、あくせく動きまわる普通の日々の世界は、ひび割れ、穴の開いた殻にすぎなかった。

彼は故郷に戻りたいと思った。イングランドの小ささや窮屈さや人ごみや溢れかえる家具はもう気にならなかった。若い頃は窒息しそうに感じたディブルックのふしぎにしずかな雰囲気ももう嫌ではなかった。家の伝統の重荷にも、家が強要する奇妙な権威の感覚にも、もう腹が立たなかった。彼の病気は魂の病が表に現れ出たもので、普通の日がひび割れた結果、普通ならざる日の大いなる偉容が彼の目に見えてきて、故郷に戻る時が来たと感じた。**大い**

なる日が自分のまわりにあれば、イングランドの小ささとケチ臭さと物質的過剰はどうでもいい。人が死んで**大いなる日**に呑みこまれてゆく大荒野のようなこの地を離れて、故郷に戻り、太陽の後ろにあるもう一つの太陽とあえて向かいあおう、**大いなる日**のなかに真の自分を見つけようと思った。

だが、この地を発つ体力は、まだなかった。熱帯の吐き気のなかに横たわったまま、日々が過ぎた。部屋の扉は開け放されたままで中庭が見え、緑のバナナの木や背の高い奇妙な樹液を持つ花咲く灌木が、水やりされた地面から、ふしぎな青の大饗宴となった空に向かって伸びて、閉じた中庭の影濃く匂いにむせかえる大気をおおっていた。濃い青の人影が、中庭の片側で動くかと思うと、姿を消し、今度は、反対側に現れた。夕暮れ時になると、白いキャラコを着た裸足の住民が、しずかに素早くひらひらと中庭を横切って、横切りながらいつもどこかに行く様子なのに、なぜかどこにも行かなかった。彼らは、暗闇のツバメのように、永遠の時をすいすいと歩きわたっていた。

部屋の扉と反対側の窓は、からからに乾いた熱帯の通りに面していた。ほとんど床に届く大窓で、縦横に厳重に鉄格子がはまっていた。窓の外を、さっさと軽くやさしくサンダルの音を立てて、現地民が通り過ぎた。大きな麦わら帽を頭にのせた暗色の頬の彼らは、先住民特有のしずかな素早さで、キャラコのシャツの肩を窓の格子にさっとかすらせて過ぎた。子どもたちが格子を摑んで、中を覗きこむこともあった。青黒い直毛の子らは大きな目をきらきらさせて、豪華な白のベッドに横たわる「アメリカーノ」〔白人は皆アメリカ人に見えてしまう〕を眺めた。乞食が窓の前に立って、鉄格子のあいだにやせ細った手を突きいれて、延々と物乞いの泣きごとを増殖させ、永遠につづくかのようにめそめそと「どうぞお恵みを《ポル・アモール・デ・ディオス》」と唱えつづけることもあった。だが、ベッドの彼もそれに負けない忍耐力で、延々と抵抗した。彼はアメリカ先住民の住む土地で、忍耐づよく抵抗する術を学んだ。マヤ人、アステカ人、サポテカ人、ミシュテカ人の別なく、常に彼らには、蛇のように抵抗する不活発の力があった。

医者が来た。教育を受けたアメリカ先住民で、キニーネを注射し、塩化第一水銀を処方する以外、何もできなかった。だが、先住民の死に至る大いなる日と、白人の気ぜわしい小さな日のあいだで、彼は自分を失っていた。

「最後はどうなるでしょう?」医者は言葉を探りながら、病人に尋ねた。「アメリカ先住民は、メキシコの人びとは、結局どうなるでしょう? 兵士たちはみんな大麻をやってるんです——マリファナです!」

「彼らはみんな死ぬだろう。みんな自滅するだろう——みんなだ——みんなだ」と、イギリス人ゲティンはずっと続くかすかな錯乱のなかで言った。「結局、死ぬことは、この世にきっぱりと別れを告げることは、美しい」

医者は何も言わずに相手を見た。彼には「死ぬことは美しい」という言葉が分かりすぎるくらい分かった。それは、大いなる日が小さな日に取り囲まれてしまった、すべての先住民の心の中心で鳴り響いている言葉だった。小さな日が大いなる日を取り囲んでしまった絶望の声だった。医者はやせ細った白人に邪険な視線を送った――「何だよ、あんたたちアメリカ人はおれたちにすっかり消えて欲しいんだろ!」

ようやく、町の広場まで這うようにして行った。秋になり、雨季が終わり、広場は緑と陰翳にあふれる、低く大きな噴水みたいだった。カンナの花が深紅の噴火口のように首をのばしながら、長く大きい赤い舌を出し、南国の黄色に彩られていた。深紅、黄、緑、青緑、強い不可視の陽光、深い藍色の影! 白を着た小さい現地民が通った。藍色の影の下、芝の緑のあいだを抜けて、広場を横切り、空虚な陽光をあびながら前の道を渡って、店がならぶ低いスペイン風の建物のアーチ形アーケードのなかに消えた。低いスペイン・バロック期の建物は、嘔吐しそうな暗い顔つきで、治らないマラリアの病が腹に来たみたいに、一歩下がって立っていた。そこでも、快活で無駄のないヨーロッパの昼が、石のような先住民の大いなる日に打ち砕かれていた。黄色い大聖堂のずんぐりした塔も地震に揺さぶられて傾き、その鐘の音もうつろにひびいていた。茶色い小人のような兵隊が、今は先住民のものとなったスペイン・バロックの精華のような市長公邸の門のあたりで、立ったり寝たりしていた。大いなる日の影が、影ふかき色のガラスで作られたふしぎな鐘のように重く、ヨーロッパ人がメキシコの奥地に作ったオアシスみたいなこの色とりどりの広場の上に落ちていた。ゲティン・デイが壊れたベンチに半分身を横たえながら座っていると、南国の鳥たちが飛んできては大きな木々のなかでさえずり、現地民たちもさえずるように話したり、何も言わずにひらひら飛びまわっていた。それを見て、ヨーロッパの昼がまた無にもどったことをゲティンは知った。彼の体はあらゆる熱帯の空気にひそむ毒気に当たり、彼の魂は古い民族の小さな日々に染みこむあのもう一つの恐ろしい大いなる日に病んでいた。彼は外に出たかった。この思わず落ちた熱帯の落とし穴のようなひどい場所から抜け出したかった。

それでも、町を離れられる頃には、十一月下旬になっていた。小さな革命が何度か起きて、また鉄道が断絶し、路線の端にクモみたいにくるくる回りながら垂れ下がっていたこの南の町も孤立した。狭軌で単線の線路が高地を走りぬけてから、峡谷を延々とずるずる降りて、五千フィートほど下の、高地の裂け目の谷に達すると、また七千フィート駆け上がって、さらに高い北高地まで上る。だから、この線をちょん切るのは簡単至極！ 無数にある小さな木の橋を一つ破壊するだけで、一巻の終わりだ。北方三百マイルは未踏の原野が広がり、南方百五十マイルはジャングルの低地だ。

ともあれ、ようやく、這うように、逃げ出せる。また汽車が通るようになった。イギリスに電報を打つと、姉の死を告げる返事が来た。南メキシコの激しい十一月の陽光をあび、夜の花の強い麻薬性の香りに身をしずめていると、リディアの死はとても自然に思えた。死んだほうがずっと**リアル**で、実際、生き生きして見えた。死んだ姉はとても近しく、安らぎをくれて、リアルだった。生きていた時の姉は、とことん疎く、遠く、小うるさく、ダービーシャー州の細々とした日々を、亡霊みたいに過ごしていた。

「小さき日は、戸を閉め暖炉のまわりに団欒《だんらん》する家族の家に似たり。しかるに、**大いなる日**、壁なく、暖炉なき、戸外にて、ささやけり。いつの日か、小さき日の壁、くずれ落ち、生き延びし家の者、この谷と谷の膝のあいだの、このクライチ谷《デイル》の戸外の、**大いなる日**のただ中に、家なく放り出されん。そは高き背の男たちに降りかかる定めなり。男たち、深く息を吸い、大いなる空気を求めてあえぎ、降りそそぐ陽の下のスローの花の蕾ほど大きな塩の汗を額に浮かべん。小さき人びと、怖れおののき、海に落つイナゴの大群のごとく死に絶

新刊案内

2015年9月

平凡社

えん。地に残るは、高き背の男のみ、さらに深く、さらに深く、**大いなる日**のなかを動かん。まさに、トビウオが、空を離れ、水に飛びこみ、海の深みに帰りて、喜ぶがごとく、高き背の男たち、薄き空気のなか、死に追われし恐怖の戦い終わりて、喜ばん。トビウオは、死のあぎとより逃げる恐怖の翼もて、空に飛びだし、きらめくがゆえなり。小さき日の薄き空気に驚きて、銀にかがやき、羽音をふるわせるがゆえなり。しかるに、トビウオはふたたび、深き日の大いなる平安の海に飛びこみ、死の腹の下をくぐり、真の自己に至るなり――」

最後の晩の暗がりのなかで、ゲティンは『デイ家の書』を再読した。表面的には、古いエリザベス朝の先祖の象徴や神秘主義に苛立ったが、自分の血のなかにも、同じものが流れていた。そして、今、彼は帰郷の途にあった。トビウオが屋根の上にはためく実家へ戻ろうとしていた。翌朝も、すべてをおおう巨大な死の影の予感は変わらなかった。夜明けから一時間ほどして、彼を乗せた小列車は滅びつつあるその町を発ち、高原の上に出た。魔物うごめく**大いなる日**の地で、サボテンが縦溝の筒を突き出し、山々は一歩下がって、ヤグルマギクの深くあざやかな青に、その暗く純粋な形を見せていた。客車は二両あり、一両は先住民にあふれ、もう一両には四、五人の白人系メキシコ人がいた。小列車は玩具と男性機械の小さき日のなかをセカセカと進んだ。屋根には、小さな土くれみたいな真っ黒に日焼けした兵隊が、ライフル銃を持ち、弾薬ベルトを締め、振り落とされないよう、必死でしがみついていた。サボテンと一歩下がった山々の大いなる荒地を、狂った玩具のような不可解な機関車一行が突進し、そこから長い下りのはじまる両側が切り立った峡谷を目ざした。

十時半に、谷をいくぶん降りたところの古い銀山に繋がる駅で停車。みんな下車して食事をとった。黒いソースをかけたいつもの七面鳥、ポテト、サラダ、温めたリンゴをパイ皮ではさんだアメリカ風アップルパイ。それから、プエブラ産ビール。取りしきるのは二人の中国人。清潔で、上品で、巧みに調理されて、白人の小さき日の完璧な模倣となっていた。ここに、わたしたちの文明の小さき日があった。外では、小さい汽車が待っていた。真っ黒な顔の小さい兵隊たちがナイフを研いでいた。峡谷の広大で色とりどりの下り勾配が、だれの手にも触れられることなく、最後の審判を待つように、陽の光と影のなかにあった。

それから、また、高原の端の住む人もいない巨大で野蛮な裂け目のような峡谷を、くねくねと、降りていった。熱帯植物園にあるような美しい桃色の蔓植物をからませた低木がつづいた。青の巨大なサンシキヒルガオの花が咲いていた。枝と枝が不格好にもつれたなかから、他の木を根城に、蘭がぶくぶくと飛び出て、白や黄色の花を垂らしていた。奇妙にもつれあうジャングルのむせかえる混沌。

ゲティン・デイは峡谷を流れおちる水を眺めた。小さな四匹の鹿が水を飲むのをやめて、頭をもたげ、汽車を見上げた。「鹿《ロス・ベナードス》だ！　鹿《ロス・ベナードス》だ！」と小さく呼びかわす兵士たちの声が聞こえた。鹿は安全なことが分かっているかのように立ち止まったまま、**大いなる日**の人無き彼方の世界で、もの思う風だった。そのあいだに、汽車は鋭く突き出た岩のまわりをぐるっと回った。

ようやく谷底に着くと、とても暑かった。数人の荒くれたちが、サトウキビでできた刀のようなナイフを持ってたむろしていた。汽車は、糸がいつ断ち切られてもおかしくないかのように、絶えず怖れおののいて見えた。蛮地の無謀で巨大な熱気を繋ぐ小さき日のビジネスの糸は、ほんとうに弱く、ほんとうに細かった。ほんとうに切れやすく、ほんとうに弱い糸だった！

それでも、汽車は、次は北高地を目ざして、のろのろと上りつづけた。午後も遅くなり、暑さに麻痺した感覚が戻ってくると、サトウキビ畑の明るい緑の広がりの彼方、マンゴーの木々のあいだに、村の家々の白い塊が見えた。光りかがやくマジョリカ・タイルの黄色と青に全身彩られた教会の、色のついたドームも見えた。スペインが、無理な征服を企てて、黒っぽい木々のあいだに建てた、小さき日の泡のようなものだった。

夜になって、怯えながら進んできた汽車は、少し文明に近い正方形の小さな町の終点に着いた。ゲティンはそこで一泊し、翌日はまた、ちっぽけな汽車に乗り換えて、大高原の端を目ざした。荒野がつづいたが、住む人は増えていった。時折、製糖工場を持つ大農場が山々の懐に抱かれて見えた。だが、そこから何の音も聞こえなかった。スペインはその小さき日の力を使い果たしてしまって、今では、**大いなる日**の怖ろしい沈黙が、死の神秘とともに、またひたひたと打ち寄せていた。

　大きな美しい先住民の男が、グラスに入れたアイスクリームをトレーに載せて、不安げなメキシコ人客のあいだを行ったり来たりしていた。間違いなく、トラスカラ族の男で、ゲティンが目をやると、彼のつややかな黒い目と視線が合った。「アイスクリームはいかがでしょう？《クイエーレ・エラードス・セニョール》」と言いながら、仕事の見つからないきめ細やかな黒い手をグラスに伸ばした。そのやわらかくひめやかな声のなかに、ゲティンは**大いなる日**の音を聞いた。「いや結構！《グラーシアス》」

「旦那《パトローン》さま！　旦那《パトローン》さま！」と駅で女がうめき声を上げていた。「どうぞお恵みを、《ポル・アモール・デ・ディオス・》旦那《パトローン》さま！」と言って、数センターボを貰おうと、手を差し出した。低くやさしいそのうめき声のなかに、先住民の女の底知れない低い歌声の魔力がまた聞こえた。森鳩よりも不気味で怖ろしいそのうめき声は、果てしなく悲しかった。女は打ち震えるようにうめいて、うめいて、人の魂を揺るがした。女の子宮の入り口の上には、「ここに入る者、すべての希望を捨てよ」《ラッシャーテ・オンニ・スペランツァ・ヴォイ・ケントラーテ》〔ダンテ『神曲』の地獄の門に記された銘文〕と書かれているだけでなく、「ここを発つ者、涙をすべて捨てよ」《ペルディーテ・オンニ・ピアント・ヴォイ・クッシーテ》ともあった。こういう女を知る男は、涙を超え、絶望さえも超え、**大いなる日**の、時間を超えた強迫のなかに沈黙する。大きく誇りかな男たちが、二十五センターボでアイスクリームのカップを売りながら、そのことに無自覚なまま、絶望の手の届かない別世界にいた。ただ、時折、死の欲情の最後の熱い焔に炎上した。彼らは、白人の小さき日のなかに閉じ込められながら、大いなる日に属していた。

小列車は走りつづけて、ついに大高原に至り、今でもイギリス人が所有するクィーンズ社と呼ばれる幹線鉄道会社への乗り換え駅に着いた。幹線はメキシコシティとメキシコ湾を結んでいた。ここの大きく寂しい鉄道会社のレストランで定食を注文すると、いい加減に作られたアメリカ風のまずい食事が来たので、食べられるものは食べて、また外に出た。けがれなく熱すぎない冬の青い空の下に、巨大な何もない平野が広がっていた。遠く、中空に、オリサバ火山の雪を頭にいただいた美しい円錐形が、浮かんでいた。

「人よ、なんじ、逃げること能わず。恐怖に鳥の翼を得て、飛ぶ虫のごとく、風に乗りて逃げんとするも、死はあぎとを開けて、なんじを追うべし。なんじ、遠く飛ぶこと能わじ、長く飛ぶこと能わじ。なんじ、時を超えし大洋の魚なるがゆえ、落下すべし。落下のなかに、みずからを滅ぼさぬよう、気をつけるべし！　死は死ぬことの内になく、怖れることの内にあるがゆえなり。ゆえに、飛んで逃げんとする努力はやめるべし、深い海のなかにみずから落つべし。そこに死あり、かつ、死はなし。生も逃げ出すことにあらず。生きて、生き生きとあるは、至上の美なり。ゆえに、**大いなる日**のなかに生きるべし。わが身を海にゆだねて、潮の流れに身をまかせて、生きよ、ただ生きよ。この急ぐだけの人生はやめるべし――」

「この急ぐだけの人生」――エリザベス朝の人間でさえ、せかせかと「急ぐだけの人生」を知っていたのだ。ゲティン・デイは自分が生き急いできたことに気づいていた。もしかしたら、急ぎすぎて、崖からちょっと落ちてしまったのかも知れない。とにかく、今の彼は、自分の時空間に裂け目が生じていることに気づいていた。先祖の言い回しを借りれば、普通の日に裂け目がいくつも生じて、そこから**大いなる日**が顔をのぞかせていることに気づいたということだ。裂け目を修復しようとしても無駄な話だ。小さき日は、彼にとって、くずれ落ちる定めなのだ。そして、大いなる日の世界に住む定めになるだろう。中空に浮かぶ火山を見ても、そのことは分かった。彼の小さな自己は消尽され、疲れ切っていた。エネルギーが枯渇し、吐き気をもよおし、人生の転機と向かい合っていた。

「しずまれ！　さあ、しずまれ！　じっと、忍耐づよく、高き火山が雪に身をつつむがごとく、平静《しずけ》さを身にまとい、待つべし。火の山も、身の内を見れば、太陽がとろけ、したたり、力をみなぎらせ、いのちの熱き種子にふつふつとたぎれり。なんじ、いのちの種子の上にありて、しずまってあれ。種子は、時至れば、おのずとこぼれ落ちん。果肉なき林檎のように、冬の季節のサヨナキドリのように、火のうえに座して待つ山のように、なんじ、おのれの太陽のうえにありて、しずまれ」

「なぜなら、おのれの内に、太陽あるがゆえに。なんじ、おのれの内に、太陽ありて、いまだ時機至らず。ゆえに、待つべし。待ちて、いのちの種子たるおのれの陽とともに、しずまるべし。身内の太陽とともに、しずまってあるべし。火の山のごとく、結実前の暗い西洋ヒイラギのごとく、長々し夜のごとく。おのれの太陽を尊ぶべし。オニオンの皮剝く人の目に涙流れるは、オニオンの太陽のゆえなり。オニオンの太陽、目に見えずとも、涙流れるは、その太陽を尊ぶがゆえなり。すべてのものに、太陽あり。害あるイエバエも、時に、キラキラとかがやけり」

大高原のどこまでも平らな風景が広がる駅のホームに立って、ゲティン・デイは独りごちた──「結局のところ、このご先祖様のほうが、今とったばかりの食事やレストランよりも、リアルだ」――汽車はまだ来なかったので、ヤグルマギクのあざやかな青で書かれた箇所をもう一頁、面白い言葉を求めて読んでみた。

「横たわる大地の脱力激しく、重きに過ぎし時、ヴェスヴィオの山、火を噴けり。サヨナキドリ、鳴くを拒む時、彼の歌われぬ歌、彼を殺せり。サヨナキドリの歌は因果応報の神なるがゆえに、歌うを拒めば、汚れもつ復讐の女神たちに必ず襲われん。内なる太陽はなんじのすべてなり。ゆえに、忍耐づよくあれ、思いわずらうことなかれ。なんじの知るところ、必ず、なんじのすべてに達せず。ゆえに、わずらうことなかれ。おのれの太陽の火の全容さえ、なんじの知るところにあらず。ゆえに、おのれの太陽にわずらいを掛けることなかれ。注意ぶかくあれ、よく考えよ、楽しめ、苦労せよ、すべてを、おのれの太陽のうごきに従い、対応すべし。しかし、思いわずらいにとらわれることなかれ。思いわずらうは不信心なり。思いわずらうは、太陽に唾《つば》することなり」

『デイ家の書』から目を上げると、ゲティンの瞼の裏に、白いしずかな火山の幻が、見通しのいい平地の上に浮かんだ。山の幻はこちらを見かえしていた。だが、そこに、汽車が来た。大層な格好で、大荷物をかかえて、うさん臭げに堂々とホームに入って来た。ゲティンはプルマン式車両に乗りこみ、本はポケットに入れて、腰を下ろした。

大いなる日のかがやきを身にまとう風もあったのに、結局は、足どりも覚束ない阿呆列車で、平地を突き進んだ後で、峡谷に入ると、慎重に、のろのろと、ぐるぐる回りながら、崖を這い降りた。数千フィート下に低地が見えて、美しい村がひとつ、ふたつ、小さく点在していた。それでも、進んでゆくと、低地が近づいてきて、松の木々ははるか頭上に立ち去り、ついには、厚い木立が線路の両側に密集して、色黒の先住民が汽車の横を走りながら、クチナシの花を売るようになった。車内に、クチナシの香りが重く立ちこめた。だが、乗客はほとんどいなかった。

日暮れ時のベラ・クルスは近代的な石造りの港だったが、熱帯の暑さにぐったりと、元気なく、しずかに命が去っていったかのように、ほとんどの建物が扉を閉めた、廃墟同然の町だった。大きな税関の建物もひっそりとしていて、荷箱に入ったピアノが大量に立ち並び、小さき商業の日のありとあらゆる詰まらない荷物が見渡すかぎり打ち寄せられていて、だれにも構ってもらえず、ベラ・クルスの港湾ストが終わるまで、じっと辛抱づよく待っていた。ここは感覚が麻痺した港町。内なる太陽が、商業の小さき日々に、復讐の鉄拳を振り下ろす町。陽が落ちると、重いオレンジ色の光が海面を照らし、打ち寄せる南国の波のなかにも、悪意と憂鬱と自然の深い怒りが感じられた。現地の人は、今でも、この海の塩水で、洗礼を受ける。そして、もしかしたらそれを真似て、社会主義者が挫折感と復讐心の洗礼を受ける。スト労働者と荒くれ失業者の仕切る港は空っぽだった。役人はほとんど消えた。ここでも、女性が、「ご婦人」が、パスポートを検査していた。

だが、船は、突堤の先端に、停泊していた。ぽつんと、一隻だけの客船だった。もう一隻の汽船はスウェーデンの貨物船で、その他に船はなかった。この地で、米大陸太古の**荒ぶる日**がせわしない白人の日と出会い、互いに無化し合った。そして、無の港が生まれた。虚無主義が町となり、その町を真の十字架《ベラ・クルス》と名づけた。

二　メキシコ湾

朝に、港を出た。熱帯の海岸に別れを告げた。奥地から吊り下げられたカーテンみたいな高原にも別れを告げた。ひとつの世界が終わり、もうひとつの世界が生まれる。一時間でもう、船と大海原だけになって、事が起きる陸の世界は忘れられた。

船客は、いないも同然だった。ゲティン・ディは二等船室をとった。二等客ラウンジには十七人しかいなかった。ドイツ船なので清潔で心地よいのは分かっていた。二等運賃はすでに四十五ポンドになっていた。あまりお金はなくても、できるだけ外からの束縛なく生きたいのであれば、お金とその力について、頭を熱くフル回転をさせなければいけない。小さき日を統べる空言虚説の拝金の徒は常に犠牲者を探しているのだ。**大いなる日**と内なる太陽をかいま見た者ならば、その小さき日の罠にできるかぎり引っ掛かりたくないのだ。ほどほどの収入はあったので、ゲティンはそれを金銭世界の恥ずべき権威から身を守る防壁と見ていた。あくせく生活費をかせぐことを考えると、彼はその屈辱にいたたまれなくなった。

一等客ラウンジは四人だけだった。メキシコ政府の招待で国の資源を視察したデンマーク財界人一行に加わった、でっぷり太ったお金持ちのデンマーク商人が二人いた。さんざん歓待を受け、見るべきものを見せられて、人生でこれまでにないくらいビジネスのことで頭をいっぱいにしてコペンハーゲンに帰り、そのアイディアを実現させようと思っていたのだが、二人は、ベラ・クルスで、牡蠣を食べて、二人の腹のなかには牡蠣があった。その牡蠣が当たった。二人は、航海中ずっと、今にも死にそうになって臥せっていた。その結果、一等客の残りのイギリス勲爵士とその息子が意気揚々とふるまった。ゲティン・デイは、この二十日間にわたる航海のために一等に乗らずに本当に良かったと心から喜んだ。

二等客十七人の内訳は、イギリス人が四人、デンマーク人が二人、スペイン人が五人、ドイツ人も五人、そして、一人のキューバ人だった。全員で、食堂の細長いひとつのテーブルを囲んだ。キューバ人が端に座り、彼の左側に四人のイギリス人が座って、五人のスペイン人とテーブル越しに向かい合った。その隣に、二人のデンマーク人が向かい合わせに座って、もう一方の遠い端に座る五人のドイツ人とその他大勢のあいだで、緩衝国の役割を果たした。ドイツ船なので、ドイツ人客が騒々しく、給仕もまずドイツ人に料理を出した。スペイン人とキューバ人は黙っていた。イギリス人は堅苦しかった。デンマーク人は不安げだった。ドイツ人はえらく騒いでいた。かくして、最初の昼食が終わった。船上の小さき日は、十分に小さかった。メニューは正しいドイツ語とあやしげなスペイン語で書かれていた。ゲティンの右側のイギリス女性は柄付き眼鏡を出して、それを凝視した。穴のあくほど見つめてから、眼鏡を下ろして、やはり自分が何を食べているか分からないまま食事をとった。ゲティンの正面のスペイン人はカラーもネクタイも付けず、ほとんどYシャツだけの、粗野で口が悪く飾り気のない植民地風の男だった。年は三十二ぐらいで、奇妙にざらつくガリシア〔スペイン北西部の海岸地方〕方言で給仕に向かってがなり立てると、話を理解できず理解するつもりもない給仕は少し見下すようにニヤニヤ笑って、ドイツ語で答えた。テーブルの向こうのほうでは、金髪の、馬みたいな女が、粗い手ざわりの北ドイツ方言で、声をかぎりに叫んでいた。聞き手はドイツ人グループを仕切る、ピンとそりかえったカイゼル髭の医者《ドクトル》だ。スペイン人たちが横一線に身を乗り出して、何も言わず、怖々《こわごわ》と、叫びつづけるドイツ女を見た。それから、顔をわずかにしかめて、嘲りと嫌悪の視線を交わしあった。ガリシアの男が空になったワインのデカンタをどんと置いた。ワインは「込み」なのだ。鼻で笑うように小さく口をゆがめながら、給仕が半分だけ入れたデカンタを持ってきた。ワインは、飲み放題でなく、「ほどほどに」ということだ。ぴんと来たスペイン人は、ぱっとデカンタを摑むと、イギリス人たちが手を伸ばす前に、その大半を注いでしまった。それを見ていた給仕連は、すわ二国間戦争勃発かと、色めき立った。だが、ゲティンが難局を収拾した。デカンタがつるりとした顔の太ったバスク人のところに達すると、手を伸ばしながら「ご婦人には、わたしが注がせてもらいますね」と言って、バスク人にデカンタを渡してもらい、それを二人の婦人と自分に注ぐと、またスペイン陣営に戻した。「人がこの世で必要とするものはごく僅かなり」という言葉もあるが、同時に「抜かりなくその僅かを奪取すべし」というのが、この小さき日の看過し得ぬ一部である。それを面白いと思うかどうかは、各人の魂の状態に依る。

こういった連中と一緒になった最初の数日に成すべき受けや突っ込みにカリカリしたゲティンは、一番下のデッキから、狭い通路を下りて、わずかな客がシャツ姿でごろごろしている三等船室に行き、そこを抜けて、船の最先端に至った。
細く長く古い船だった。葉巻のように長くて少し狭かった。それでも心地よく、個性的に美しかった。大型定期船とは違う、ほんものの船だった。メキシコ湾のただ中にさっそうと突きすすんだ。

ゲティンは、船の最先端のやり出し〔へさきから前方へ斜めに突き出た帆柱〕に何時間も座って、暑い湾の白っぽい陽光に見入っていた。独りきりの彼の前には、ふしぎに透きとおった白い陽光ときらきら輝くまったく混じり気ない美しく儚《はかな》い緑の温かい海水だけの世界があった。疾走する船の舳《へ》先《さき》から、水が白いしぶきを上げ、生きた翼みたいに左右にほとばしった。絶えず、絶えず、船が生き物のように水の真ん中に割りこんで、水が左右に二つの翼のようにほとばしっていた。絶えず、しぶきが、水の翼の緑のカーブからざざっと落ちていった。眼下には、そのすぐ先にまだ未触の、常に一瞬先にまったく未触の、美しく深い緑の海があった。深く、深く、水面近くは薄いエメラルド色でその下はサファイアのような深緑の、濃淡あわせた、青とゆらめく緑の二つの水が、たくさんの水たちが一つになった水が、完璧に歩を合わせたように、常に舳先の一歩先を、静まりかえって、測り知れず、けがれなく、時間を超えて、有った。夢のようだった。細長い快速船のやり出しのやさしい揺れの上で、彼の体は永遠の生命の揺りかごに揺すられた。その魂は、珠玉の瞬間、非在の湾の宝石の永遠に憩っていた。

そして、いつも、いつも、トビウオの群れが夢のようにどこからともなく空中にさっと現れ、濡れた銀色の翼をすばやくはためかせながらきらきらと飛んでいった。トビウオは滑らかで円い海面の上をツバメのように低く飛ぶと、次の瞬間にはしぶきも立てず跡も残さず消えてしまった。個々はそれぞれぽつんと小さな銀の閃光みたいで、消えてしまった！ 海は絹のように静かで、青く、ゆったりとうねって、純粋の無そのものだった。海、海、海。

すると、不意に、かすかな、囁くような、ものが弾けるような音が聞こえて、混じり気のない織物のはためきのような海面に銀色の雲が見え、それが海の上を低く弧を描きながら飛んで、舳先が切る水の中から噴き出たように、船と一定の角度を保ちつつ、バッタやイナゴが草むらから急に跳びだすように激しくはためきながら、向こうに、向こうに、向こうに、がむしゃらに飛んでゆき、不意にまた一息で吹き消される明かりみたいに消えた。船はそれでも、空の月が歩みを止めないように、目をやることも息を呑むこともなく進んでいった。だが、彼の魂ははっと息を止め驚嘆した。これこそ、魂の糧だった。

ゲティンは、長い午前中をずっと、このメキシコ湾の奇跡に抱かれて過ごした。半透明の翼もつトビウオは海のなかから忘我の大群となって、喜びのような怖れに体を光らせ、怖れにかがやく喜びにきらめきながら、信じられないほど速くそのけがれない水の翼を羽ばたかせて、半透明の細長い体を生きた水のようにほとばしらせていた。空中に燦々と浮かんだ後、不意に姿を消すと、青い海の纖細で儚い緑の表面がふるえた。そのすぐ先の静かな海面は、時の始まり以来一度も触れられたことがないように、みずみずしい美しさにまどろんでいた。

時折、船員がやって来て、舳先の先のやり出しの彼を手すりから覗きこんだ。だが、何も言わなかった。人びとは境界の向こうを見たがらなかった。それはあまりにも美しくあまりにもけがれのない、**大いなる日**だった。彼らは手すりから一瞬鼻を突き出すと、困ったようなあざ笑うような辱められたような表情をかすかに浮かべて、顔を引っこめた。結局、この未生未曾有の朝に対して彼らが見せるのは鼻づらだけだから、辱められるのももっともだった。

時折、ひとつ、ふたつ、あるいは、みっつ、アメリカ独特の暗さをそなえた小さく陰鬱な島影が見えた。大地は見えなかった！　彼の魂は大地を見たいと思ったが、何も妨げるもののない海原には、世の始まりの純粋な美しさがあった。

三日目の朝には、イルカの群れが船を先導した。イルカは常に海面下にいたので、人が集まっての大騒ぎはなかった。ゲティン・デイだけがイルカを見た。なんという喜び！　なんという生の喜び！　広い海のなかでイルカになることの、巨大な船の威嚇的で不毛な突進を先導しながらそれを虚仮《こけ》にするイルカの群れになることの純粋で奇跡的な喜び！

それはゲティン・デイが今まで見た生の最も純粋で完成された喜びの光景だった。イルカは十四かそれを少し上回る数で、魚雷のような丸い体をし、動いていないような涼しい顔をしながら、清らかに澄んだ水のなかを船とまったく同じ速度で進んでいった。少しも動いていないように見えるのに、奇跡的に精確な速度だった。水中で最後尾のイルカの尾ひれがちょうど船の先に、かすかに、しかし、精確に間違いなく触るかのようだった。動くものは何もないようなのに、船とイルカは熱帯洋をさっそうと突き進んだ。イルカは泳ぎながら常に互いに位置を交換しあっていた。小さな群れのなかであきれるばかりに戯れながら上になったり下になったりするかと思えば先頭に抜け出て、それでも常に速度を変えずに、同じ速度で、最後尾の一匹が尾ひれでちょうど舳先を触れるか触れないかというぐらいに触れていた。深く海の青に沈んだイルカも、速度を変えずに、涼しい顔で進んだ。それから、奇妙な回転をして淡い緑の海面近くに上がると、他のイルカが下に降りた。船に触る役のイルカもさっと交代した。絶えず、絶えず、けがれのない同じ速度で、時には海面近くの光の当たるところに滑るように進む黒い背が見えたが、決して海面を破って姿を見せることはなかった。絶えず、最後尾のイルカが船に触れながら、他のイルカは動いていないみたいに楽々と滑走した。泳ぎながら、ふしぎな絹の滑らかさで絡みあい、互いに絡みあいながら、海の奥に沈んで青黒い影になるかと思えば、また淡い緑の海面近くに無言で滑走する他のイルカの間にふしぎに浮かびあがった。常に、とても速く、イルカたちは笑っているようだった。

ゲティン・デイは夢中になって、目が離せなくなった。三十分がたち、一時間がたち、二時間が過ぎた。それでもイルカは変わらず、水を切って疾走する船の下で完璧なスピードバランスを保ちながら、壮健な体で突き進んだ。互いに混じりあいながら、多数の意識がふしぎな一つの笑いにまとまってゆき、生の喜びを、生の歓喜を放射し、群れ全体がけがれない完成された動きそのものになった。たくさんの強壮な体が生の笑いを、情熱ほどに完璧な繋がりを享楽していた。人には到底及ばないあきれるばかりの生の喜びを海のなかに放っていた。ゲティンは驚異の念に打たれた。

……「ああ、イルカは喜びを知っている、純粋な喜びを知っている!」と彼は独りごちた。「今まで見たこともないような、けがれなく混じり気のない哄笑の歓喜だ。これまでずっと、自然のなかで最も美しく完成されているのは花だと思っていたけれども、この突き進む海の温かな肉体の生き物たちは花の上を行く。この大らかで逞しい魚たちこそ、これまで人生で見た最も純粋な喜びの達成だ。ともに生き生きと生きるこの秘術を人は持たない。それぞれが自分らしく進みながら一つのまとまった笑いを作ることは人にはできない。これこそ、人間がかつては知っていたけれども忘れたか、あるいはこれまで一度も経験したことのなかった真の喜びだ。トビウオやイルカに比べたら、世界一賢い運動家でさえフクロウのようなものだ。海のなかでくるくる回って遊びながら繋がって動いてゆくイルカにとって、人が言うような愛の共同体は意味がない。ああ、魚たちのような喜びを知りたい。深い海のなかの生は、人間よりも先を行っている。そこには純粋な繋がりと純粋な喜びがある。人が到達したことのない――」

舳先のやり出しから海を覗きこみながら、彼はただ一つのことに、海のなかで戯れながら突き進む生き物たちの生の喜びの有様にうっとりしていた。海のなかではこんなに熱い心が鼓動しているのだから、大海の神秘はまだ死んでいないのだ！　これと比べると、人が悲劇的な、青ざめた嫌な存在なのも、ふしぎはない！　この海の生き物たちが達したような、すいすい進みながら笑いあう繋がりの高みに、どの文明が連れていってくれると言うのか？

三　大西洋

船は夜のうちにキューバのハバナ港に入った。船が止まって、舷窓から外を見ると、持ちあがった闇の上に小さな灯が見えた。ハバナ！

客は翌朝、上陸。埠頭《ふとう》近くの狭い道を抜けて、大通りに出た。もう十二月初めの、美しく暖かい朝だ。町の人は通りに出ている。ミサに行く者がいる。大きく不快な古い教会から出てくる者がいる。ゲティンは二人のデンマーク人と、一時間ほど、ぶらついた。あまり面白くない町だ。アメリカ人も大勢ぶらついていて、そのほとんどがバッジのようなものを付けていた。すくなくとも、ぱっと見には、とてもアメリカンな所。そして、その背後に、とても深い個性が残っているようにも感じられない。

三人で車を借りて、ほうぼうを回った。年上のほうのデンマーク人は四十五歳ぐらいで、口語スペイン語を流暢にしゃべった。タムピコ油田で覚えたと言う。外国人がアメリカ人を語る時にほとんどいつもやるように、彼は半分意地わるく嘲る調子で、運転手に訊いた——

「どうして、合衆国のアメリカーノたちはバッジを付けてるの？」

運転手はキューバ風にニタリと笑って、こう言った。

「それはね、セニョール、あの人たち、みんな、酒飲むためにここに来てるんだから。夜、飲みすぎて、迷子になっちゃうでしょ。だから、バッジを付けてもらってるの。自分の名前とホテルの名前とその住所とが書いてあるから、荷車に載せて、連れて帰ってあげるの。ああ、季節ははじまったばかりよ。一、二週間もすれば、連中は戦《いくさ》があったみたいに夜の通りにバタバタ倒れてるよ。それで、警察が赤十字みたいにがんばって、ホテルに送ってってあげるのよ。ああ、アメリカ人！　とてもいい人たちだ。キューバはアメリカ人の持ち物だ。そう、アメリカ人はわたしたちを所有している。このハバナを所有している。わたしたちは共和国。ただし、アメリカ人所有の。いいじゃないの《ムィ・ビエン》。わたしたちは酒を彼らに与え、彼らは金をわたしたちに与える、か。くそっ！」

そう言いながらニヤリとして、辛辣な無関心を示した。すべてを鼻で笑っていたが、何かをしようとするわけではなかった。

車は、有名なビアガーデンに着いた。そこでは、みんながビールを飲む——それから、ニューオーリンズのそれに負けないくらいのお決まりの金ピカ墓地に——「この墓地に埋葬される人は全員、五万ドル以上の墓碑を建てることを約束するのよ」——それから、「ヴィラ」

立ちならぶ郊外の新興住宅地を通過。きれいで、ピカピカの、世界中どこでも同じ風に、ニョキニョキ生えてきた場所。それから、町を出て、田園地帯に入り、古い砂糖の大農場を横に見て、山々に。

ゲティン・デイにとって、そのすべてはただただ憂鬱だった。真の興味深さを欠いていた。すべて、アメリカ人が所有していた。個性というものがほとんどなく、残っている個性といえば、アメリカ的なものが少しほっぽらかしにされた時に生まれる独特の暗鬱さだった。コネティカットであれニュージャージーであれ、ルイジアナであれジョージアであれ、アメリカの土地の奥深くに沁みこんだ一種独特の昏さは、人の努力が止まるや否や、顔をのぞかせる。キューバの昏さ、内的暗鬱さも、たちまちのうちに、土地を征服したスペイン人の精神に影響をおよぼしたに違いない。コロンブスも含めて。

町に戻って、とてもいいレストランに入って食事をしながら、でっぷりしたアメリカ人の夫婦らしいカップルの昼食風景を眺めた。二人なのにシャンパンとドイツの白ワインとブルゴーニュの赤ワインをそれぞれボトルで注文し、しかも三つ同時に飲んでいる様子だった。頭がくらくらした。

明るくいい天気の午後は、海辺の遊歩道で過ごした。大きなホテルはまだ閉まっていたが、言わば、半目を開けてもいて、たとえば、ティールームが開いていた。

小さき日はなんて退屈だろうと、ゲティンはまた思った。ハバナのような場所では、午前中は田舎をドライブしてごまかしても、町を見物して日曜日一日さえつぶせない。見物することの果てしない退屈さ！　見る物そのものの果てしない退屈さ。さざ波立つ明るい青の海と古い砦だけに、生きている感じがある。その他は、広い遊歩道も、広い並木道も、大きなホテルも、すべて、そのまま、死んだ乾いたコンクリートだ。コンクリートの乾いた死そのものだ。

みんな、埠頭の闇にぽつんと停泊する船に夕食をとりに戻って、ほっとした。ナポリを見て死ねという言葉があるけれども、どんな場所でも名所見物をすると、うんざりして疲れきって、夕食時には半分死んでいる。

これで！　ハバナにはサラバ！　船のエンジンは朝食前から回りはじめていた。抜けるような青にかがやく朝だ。高い舳先が後進し、波止場も、港も、滑るように遠くなる。それから、ゆっくり、船はキューバの暗鬱な岸に背を向け、まどろみに似た青に塗りこめられた日のなかを、北進しはじめた。そして、広い海に出た。

翌朝は、目ざめてみると、灰色の世界。低い灰色の空、吐き気をもよおす灰色の低い海面、風ひとつない。上と下を灰色の世界にはさまれて、細長く古い不埒な船は、死に向かって進むように、ぐんぐん進んだ。

「どうしたんですか?」と、ゲティンは船員の一人に訊いた。

「東に向かう海流に入るために、北に来てるのです。ニューヨークと同じくらいの緯度まで北進して、それから海流に乗って真東に進むのです」

「なんたること!」

その言葉どおりになった。太陽が消え、空と海の青が消え、生気が消えた。大西洋は墓場のようだった。灰色の墓場がえんえんと果てしなくつづいた。その海底には、光りかがやくアトランティス島が眠っている。死の灰色の空とみにくい死の灰色の海の荒野にはさまれた、十二月。暗い灰色の十二月。

海がうねるようになった。長大なうねりだった。吐き気をもよおす、油のような波が、船と同方向に何百マイルもつづくようだった。細い葉巻みたいな船が、こみあげるように波に持ち上げられ、上に、上に、上に、上がりつづけると、ついに一瞬、波の頂《いただき》で止まって、吐きそうになった。すると、今度は、前のめりになった。歯医者のドリルが虫歯の穴のなかで空回りするみたいに、スクリューが空転した。それから、がたがた震える長い下り坂をずるずる滑り落ちて、船の腸《はらわた》が尻から出そうになった。客の腸も出そうになった。一時間ほど経つと、みんな、亡霊のように真っ青になった。気持ち悪そうに歯を剝いて、すぐに終わる悪い冗談みたいに思おうとした。もう少し経つと、みんな、姿を消した。だが、うねりはつづいた。上に、上に、上に、こみあげるように持ち上げられて、やっと、それが止まると、ああ！　ぶるぶるぶるぶる！　スクリューが海面上で空転する音が聞こえて、みんなの神経がやられた。それから、ふうううううっしゅ！　と長いひどい急降下がつづいた。腹のなかのものが外に出た。

ペスト船みたいだった。客室係も、その他の面々もみんな、姿を消した。毒を飲んだ心地だった。目を閉じて――寝て、寝て、寝て、それでも、絶えず、あのぞっとする動きを感じていた。上へ、上へ、上へ、こみあげるように持ち上げられてから、ああ！　と叫びだしたい一瞬が来て、破壊的なぶるぶるぶるぶるという空回りがつづく。それから、言葉にならないあのおぞましいずり落ちが来た。死神が腹のなかで暴れた。海水も死人の会話みたいにパチャパチャ音を立てた。二つ先の部屋からは、スペイン人医者の太って青ざめた夫人が何時間もうめきつづけているのが聞こえた。それが、えんえんとつづいた。何もかも、えんえんとつづいた。何もかも、ずっと、ずっと、このまま行くようだった。ゲティンは寝て、寝て、寝て、三十時間が経った。それでも、そのあいだ中、ずっと、果てしなく繰り返される波の動きと、大小さまざまに軋《きし》む船の音と、夫人の休みないうめき声を意識していた。

突如、二日目のお茶の時間に、気分がよくなり、起きてみた。船には人けがなかった。ひどい顔つきの給仕がひどい紅茶を持ってきて、また消えた。もう一度眠ったが、夕食は食堂に行ってみた。

細長いテーブルに来たのは三人で、ひどい船旅に顔を灰色にして口をつぐんでいた。ゲティン・デイと若いデンマーク人と年とって干からびたイギリス女性だった。彼女が休みなくまくしたてはじめた。ザウアークラウトとスモークした豚の腰肉が出てきて、全員、恐怖に青ざめた。だが、すこし、食べた。それから、窓の外の、灰色の、まったく反吐が出そうな、油に似た、無風の夜の海を見た。そして、また、ベッドに戻った。

三日目に、雨が降りだすと、波の動きがしずまっていった。船は大きなうねりから抜け出しつつあった。思い出にはなる体験だった。（未完）

メルクール山上の神メルクリウス

とても暑い日曜だった。メルクール山〔ドイツ南西部バーデン＝ヴュルテンベルク州にある〕に行楽客が押し寄せた。標高二千フィートまで登ると、靄《もや》にけぶる谷が見下ろせた。雨ばかりだった夏に突然暑くなったせいで、大地は熱くむっとしていた。

山頂に向かうケーブルカーはいつも混んでいた。ロープにしがみついて急坂を上り、頂上近くでは、鋼鉄ケーブルが絶壁のロープみたいに松の木々の深い淵の上に垂れて、ほとんど垂直によじのぼるようになった。女たちは息を呑んで、目をそむけた。あるいは、振りかえって、蒸気にけぶりながらおぼろに最前線まで伸びてその向こうに消えてしまう、流れくだる川のほうに目をやった。

頂に着くと、何もすることがなかった。円錐形の山は松の木におおわれ、背の高い松の幹のあいだをくねる小道がいくつもあり、山頂をぐるりとひとめぐりしながら、四囲の世界を眺めわたせた。四囲というのは、まず、西のほうには、遠くおぼろに川の見える平野があって、太い水の流れがどんよりときらめいていた。南のほうは、黒々と森におおわれた生気あふれる山々があり、森のなかにエメラルドの緑の開拓地が見え、白い家が一、二軒あった。東は、ドイツ国内に向いた谷間で、そこに二つの村や工場の煙突や教会の尖塔が見え、その向こうにさらに山々があった。北は、森におおわれた険しい山々で、ごつごつした赤みのある岩や同色の城の廃墟が見えた。頭のうえに、熱い陽が燃え、すべてが蒸していた。

だが、山の本当のてっぺんには、見晴らしの塔があった。ビアガーデンの付いた細長いレストランがあり、黄色い小円卓がすべてマロニエの木陰に置かれていた。その下の斜面に、高山植物を配した庭園が少しあったものの、その数ヤード先からは、また野生の大木がそびえていた。

日曜客はケーブルカーから波のように流れ出てきた。そして、波が退くようにビアガーデンを通り過ぎた。一杯飲むために腰を下ろす者は多くなかった。一銭も使いたがらない連中だった。見晴らしの塔に上るために金を払う者はいた。塔に上がって、蒸気にけぶる下界と生き物のように横たわる黒い山々と半分ゆであがった町々を見下ろした。それから、いくつかの小道に散り散りばらばらになって、それぞれが涼しい木陰に腰を下ろした。

風はそよとも吹かなかった。横になって、松の木の葉のもじゃもじゃの野蛮な中天世界を見上げていると、背の高いピュアな幹が中天の暗いもじゃもじゃを支えているのか、それとも幹のほうが長い紐みたいに空から垂れているのか、判然としなくなってくる。ともかく、すばらしく清らかな紐に似た誇りかな幹が、松の梢《こずえ》と地表の世界のあいだを、雨足のようにくっきり伸びていた。そして、目を凝らして見ると、松の梢のあたりが、わずかに、ほんのわずかに、円を描きながら揺れ動いているのが分かった。幹の下のほうは、まったく動じず、まるで一本の石柱なのに。

それで、何もすることがなかった。まったく何もすることがなかった。やれることがなかった。みんなどうして山のてっぺんに来てしまったのだろう？――メルクール山上では何もすることがなかった。

そんなことはどうでもいいか！　われわれはひとまたぎで世界の彼方に来たのだ。眼下の世界の人間たちは勝手に中途半端にあくせくやらせておこう。山上のわれわれは無視を決めこもう。わざわざあたりをうろついて、味は酸っぱめの丸々とした青いビルベリーの実を摘んだりするのはやめよう。ただ横になって、二つの世界を結ぶ音楽の絆のような、雨に清められた松の木の幹をぼうっと眺めることとしよう。

一時間たち、二時間たち、人びとは歩きまわりながら、消えたり、現れたり。どこもかしこも暑く、静かだ。ここでは、人はもう騒ぎたてることをやめた。一杯飲みにレストランに入っても、テーブルに座った少ない客のあいだを小鳥が走りまわるだけ。客は互いをちらりと見るけれども、その視線は醒めている。

だから、また戻って、松の木の下に寝ころがるしかない。することが何もない。けれども、それでいいじゃないか。何かをしようという気が失せていた。雨のように生き生きしている木の幹は、そのままで十分に活発である。

見晴らしの塔の下に古い石板があり、古神メルクリウス〔ギリシャ神話の神ヘルメスに当たる古代ローマ神。かかとに翼の付いたサンダルをはき、飛翔する〕のレリーフが彫られていた。とてもすり減っている。祭壇と言えばいいのか、奉納石もあった。二つとも古代ローマの時代に遡る。古代ローマ人はこの頂でメルクリウスを祀《まつ》ったと考えられている。ひどくすり減ったこの古神は、円い陽光にかがやく頭とひどく落ちくぼんだ目を持ち、この地方の赤紫色の砂岩でできていて、印象がうすい。この奉納石の窪みに捧げものの穀物を投げ入れる者も、もはやいない。赤紫の砂岩はご当地によくある代物で、これも古代ローマとは縁がうすい。

行楽客は見もしない。見る理由もない。彼らはただ通り過ぎて、松の木の下に入ってゆく。ベンチに座る者、長椅子に横たわる者、それぞれ大勢いる。とても暑い午後で、静まりかえっている。

すると、松の梢のあたりで風がかすかに音を立てはじめる。人びとは午後の倦怠から目ざめて、不安の予感にざわざわおそわれる。空を見上げると、心が騒いだ。案の定、大きく平らな黒い塊が西の空に頭をもたげ、その黒雲のそこここに白い巻き毛が見えたり、そのまわりに胸の羽毛が飛んでいたりしている。大自然だけにそなわる禍々しさがあった。松の梢の急で不気味なざわめきに怯えて、意味不明の小さな声が飛び交った。

人びとは降りたがる。嵐の前に、このメルクリウスの山から降りたがる。なんとしてでも降りようとする！　ケーブルカーのほうに流れてゆくと、見る見るうちに空が真っ黒になった。人びとが小さな駅に押し寄せた時、最初の稲妻が炸裂し、すぐに雷鳴がとどろき、巨大な闇につつまれた。人びとはなぜか一目散にレストランの奥深いベランダに避難して、黙々と小テーブルのあいだに身を寄せあった。雨はない。強風も吹かない。ただ急に冷えてきて、さらに身を寄せあった。

暗闇のなか、不安に身を寄せあっている。融けあって一つになったような、ふしぎな一体感が生まれた。冷風がベランダに吹きこむと、哀しそうなつぶやきがあちこちから聞こえてきて、たくさんの体がさらなる触れあいを求めてさらに身を寄せあった。

夜のように暗い闇が長くつづいたように感じた。すると、突然、稲妻が白く床の上で踊った。地面の上でも、踊り、震え、跳びあがり、また降りた。大股で歩く男が、白く照らしだされる。白い裸で闊歩する男で、腰から下しか見えず、そのかかとに火が燃えている。この上半身の見えない燃える男は急いでいる様子だった。男の剝き出しのかかとに、白い小さな火がはためくようだった。平たく力強い太ももを持つ、火のように白い足が、ベランダの前のひらけた場所を大股でさっと横切った。その動きに、足首の小さく白い炎も引っ張られた。さっと、すばやく、どこかに行くところだった。

雷が大きくとどろくと、その姿が消える。地面が動き、建物が揺れ、真っ暗闇になる。冷たい空気がさっと吹きこんできて、怯えたすすり泣きがかすかに聞こえた。それでも、暗闇のなか、雨は降ってこない。安堵のため息をつけない。じっとこらえて待つだけ。

目くらむように光りかがやく稲妻がまた落ちて、レストランの小卓も身を潜めていた木の幹もすべて露わにされた不気味な一瞬に、森のほうから人を殴るようなドサッという奇妙な音が聞こえた。それから、雷の一撃が落ちて、建物も人も何かが爆発したようによろめいた。嵐はメルクール山を直撃していた。少し遅れて、木の枝が裂けるめりめりという音が森のほうからやって来た。

そして、また、稲妻が白く地面にほとばしった。だが、何も動かない。また、すぐ、闇のなかを、ばりばりばりと、雷鳴が長くとどろいた。さらにまた、白い稲妻がおそいかかり、雷鳴とともにまた何かが砕け散った。人びとは恐怖にあえいだ。

ついに、不動の状態のなかに、さっと風が吹きこんできた。と同時に、氷の塊が火の玉みたいに飛んできて、松の木が急に、騒ぎたつ波のようにうなりはじめた。火の玉と化した氷の塊が顔に当たると、人びとは身をすくめ、後じさりした。うなり声をあげる木々の大音声は、静けさに似ていた。その音の向こうから、木々が引き裂かれ、倒れる音が聞こえた。山は大嵐の集中砲火を浴びていた。

他は何も聞こえなくなるぐらいのうなり声をあげて、雹《ひょう》が降ってくる。屋根に、地面に、木々の上に、ばさばさばさと打ちかかる。人びとは否も応もなく、雹の襲撃を逃れて室内に殺到する。闇にざわめく雹の音に混ざって、ばりばりばりっと物が壊れる音が聞こえた。

この恐怖が永遠につづくかと感じた矢先に、嵐は不意におさまった。外では、雪の上、枝や物の無数の砕片の上に、黄色い光がかすかに顔をのぞかせた。大気は氷と真冬の匂いがして、とても寒い。森は白い大地の上で青ざめていた。六インチほど無数の氷塊が積もっていて、小枝をはじめとして折れたり裂けたり壊れた物体があちらこちらに散らばっていた。

黄色い光が現れると、男たちは急に元気になって、叫んだ。

「よおし！　よおし！　さあ、行こう！」

最初に勇気をふるったグループが建物のなかから出てきて、大きな雹をひろうと、倒れたテーブルを指さした。足を止めずに、ケーブルカーが動いているかどうか確かめるために、駅に急ぐ者もいた。

駅は山の北面にあった。男たちが戻ってきて、誰もいなかったと言う。人びとは外に出てきて、雹の積もった白銀の地面を、興味津々、ざくざく踏んで、ケーブルカーの運転者たちを待った。

見晴らしの塔の南面には、冷たいけれども融けかかった雹に埋もれて、二人の男が横たわっていた。紺の制服が黒っぽく見えた。二人とも死んでいた。だが、稲妻に打たれて、一人の男のズボンはすっかり焼けて、腰から下が丸裸だった。雪の上に、顔を横向きに、横たわっていた。血が二滴、鼻から流れ出て金髪の大きな軍人風口髭のなかに消えていた。彼はメルクリウスの奉納石の近くに倒れていた。同僚の若い男はうつぶせの姿勢で、彼より数ヤード後ろに倒れていた。

陽が顔を見せはじめた。人びとは死んだ男たちに触るのが怖くて、恐怖に目を見開いた。そもそも、どうして、死んだ運転者たちは、山のこちら側に来たのだろうか。

ケーブルカーは動かなかった。嵐のあいだに何かが起きたのだ。人びとは、滑りやすい雹のまがりくねった道を降りはじめた。山は裸になっていた。どこもかしこも、松の折れた枝でいっぱいだった。だが、灌木や葉の多い木は、目を疑うくらいに、すっかり丸裸になっていた。地表近くは、冬が来たみたいに、葉がなく、丸裸だった。

人びとはまがりくねった急坂を、落ちた松の枝を避けて怖々と急ぎながら、こうつぶやいた。

「真冬じゃないか！」

陽がむっと熱くなりはじめていた。

微笑み

一種の悔い改めとして、一晩中、座って起きていようと思った。電報はただ「オフィーリア危篤」とのみあった。この状況で、大陸横断の寝台車に横たわるのは不謹慎に感じたので、一等車両に座って、フランスの更けゆく夜を過ごした。体は疲れていた。

もちろん、今、オフィーリアのベッドサイドに座っているはずの事態だった。だが、彼女が彼に会いたがらなかった。だから、こうして、背を伸ばして、汽車の座席に座っていた。

心の奥底に、黒く重たいものがあった。真っ黒なもので一杯になった腫瘍みたいに、それが彼の内臓を強く圧していた。ずっと人生を深刻に考えてきたが、今は、その深刻さに圧倒されていた。髭のない彼の暗く美しい顔は、十字架上のキリストにふさわしかった。その黒く太い眉は、半ば意識を失った苦悩に斜めになっていた。

汽車の夜は地獄のようだった。リアルなものが何もなかった。向かいに座ったイギリス老婦人二人はずっと前に、彼よりも前に、死んでいた。彼自身が死人だった。

ゆっくりと、国境地帯の山々に、灰色の朝が来た。風景を眺めても、目に入らなかった。

心の中で、詩の一節を繰り返していた——

悲しい夜明けがゆっくりとやって来た。
朝の驟雨《しゅうう》が寒さを連れて来た。
彼女の目をそっと閉じてやった。彼女の住む世界は、
もうわたしたちの世界ではなかった。〔トマス・フッドの詩「死の床」第二連〕

修道士のように苦悩するその無表情な顔は、彼の批評眼に映る自分自身を含めたこの情けないアンチクライマックスへの軽蔑の念を隠していた。

ここはイタリアだった。イタリアを見て、かすかに嫌悪の情が動いた。もう、深く感じることができなくなっていて、オリーブや海を眺めると、わずかに嫌悪の情だけを抱くのだった。詩は詐術に似ている。

オフィーリアが静養していたブルーシスター修道会のホームに着く頃には、また夜になっていた。彼は、館の女修道院長の部屋に通された。院長は少し見下すように彼を見ながら、何も言わずに、立ち上がって、頭を下げた。それから、フランス語でこう言った。

「本当に残念です。オフィーリアさんは、今日の午後、他界されました」

彼は茫然と立っていた。ほとんど何も感じずに、彼の美しい目鼻立ちのはっきりした修道士みたいな顔が、虚空を見つめていた。

修道院長は、白いきれいな手をそっと彼の腕の上に置き、顔をじっと覗きこみながら、彼のほうに身を傾けて、やさしく、こう言った。

「お気を落とされないように！　どうぞ、お気をたしかに、ね？」

彼は後じさった。こんな風に女に身を傾けられると、彼はいつも怖くなった。たっぷりしたスカートをはいた修道院長はとても女らしかった。

「はい！」彼は英語で答えた。「それで、彼女に会えますか？」

修道院長がベルを鳴らすと、若い修道女が現れた。すこし顔色が悪かったが、その薄いハシバミ色の瞳には純朴な茶目っけがきらめいていた。院長がもそもそと紹介すると、修道女はつつましやかにお辞儀をした。だが、マシューは、藁にすがるみたいに、手を差し出した。若い女は組んでいた両の手をほどくと、その一つを、眠っている鳥みたいに受け身な彼の手のなかに、恥ずかしそうに、するりと滑りこませた。

底知れぬ冥界の闇のなかにいた彼は、こう思った——「なんて、すてきな手だ！」

三人で、冷え冷えとした美しい廊下を進んでゆき、扉をとんとんとノックした。マシューは遠く、冥界のなかを歩きながら、黒いスカートをひらひらさせて、自分の前を急ぎ足で行く女たちのやわらかで美しい豊かな大きさを、ずっと意識していた。

扉が開くと、彼は怖気づいた。天井の高い、気高い部屋の白いベッドのまわりに、ロウソクが燃えていた。ロウソクの横に、修道女が一人、座っていた。女は、祈禱書から頭を上げて、こちらを見た。白い被りものに包まれた女の顔は、浅黒く、野性があった。その逞しい体が立ちあがり、ちょこんとお辞儀をした。マシューは、女が胸のあたりの美しい絹の青の上で黒い数珠《ロザリオ》を弄んでいるのを見て、その浅黒くつやつやした手が気になった。

三人の修道女は、無言で、枕元に集まった。絹のようにつややかでたっぷりした黒スカートがゆれて、とても女らしかった。修道院長が身をかがめると、繊細のきわみのような手つきで、白く薄い綿布のヴェールを死人の顔から取り上げた。

死んだ妻の美しく落ち着いた顔が彼の目に入った。すると、たちまち、マシューの心の奥底で、笑いに似た何かがはじけた。咳払いをちょっとしてみた。それから、見たこともないような微笑みが、彼の顔の上に広がった。

三人の修道女は、クリスマスツリーのように温かく瞬《またた》くロウソクの明かりに照らされて、被りものの額のバンドの下から、重々しい同情心をたたえた目で、マシューを見つめていた。三人は鏡のようだった。不意に、小さな恐れが、その六個の瞳にキラリとかがやき、戸惑いを見せながら、驚嘆の表情に変わっていった。そして、ロウソクの光の中でなすべもなく男と向かいあっていた三人の尼僧の顔の上にも、いつの間にか、ふしぎな微笑が浮かんでいた。同じ微笑が、三人の顔に、全くちがって現れ、三輪の精妙な花の開花を見るようだった。青白い顔の娘の笑みは、苦しみに似て、悪戯っぽく恍惚となる気《け》があった。見守りをしていた色黒のリグリア人風の尼僧は、落ち着いた平らな眉の成熟した女で、口角を上げて、洗練されつくした古代異教のユーモアにゆったり微笑んでいた。古代エトルリア人の精妙な、恥を知らない、抗《あらが》いがたい笑みだった。

マシューに似て顔の造作が大きい修道院長は、笑うまいと必死にこらえた。だが、彼がほころんだその顎を意地悪く突き出しつづけていると、修道院長の顔のうえにも、微笑がどんどん膨らんでいって、彼女は顔をうつむけてしまった。

不意に、若い青白い顔の娘が、体をふるわせながら、袖で顔をおおった。修道院長は娘の肩に腕を回すと、イタリア人らしく感情豊かに、「かわいそうに！　かわいそうに！　さあ、泣きなさい」とつぶやいた。けれども、その感情の下で、まだくすくす笑っていた。浅黒く逞しい体の女は、黒い数珠を握りしめたまま、表情も姿勢も変えずにじっと立っていたが、顔の上には無音の笑みが動かずにあった。

不意に、マシューが、ベッドのほうを向いた。死んだ妻に見られたのかと思ったのだ。それは恐怖に駆られた動きだった。

オフィーリアの死体は、とても可愛らしく、とても感動的だった。とんがった死んだ小さな鼻を突き出し、頑なな子どもが最後まで頑なだった姿を固定したような顔だった。マシューの顔から、笑みが消えた。それは飛びきりの殉教者の表情に取って代わられた。泣くこともなく、死んだ妻を意味もなくただ見つめていた。だが、顔面の、「ああ、自分が殉教者になる定めなのは分かっていた！」という表情は、深まった。

妻はとても可愛く、とても子どもっぽく、とても頭がよく、とても頑なで、とてもやつれてしまって——今ではすっかり死んでいた！　彼は何も感じなかった。

二人は十年間、結婚していた。自分が完璧な夫だったわけではない——いや、いや、全然そうじゃない！　だが、オフィーリアはいつも我を押しとおした。彼女は夫を愛し、頑なになり、十二回、彼の元を去って、もの哀しくなったり、居丈高になったり、怒ったりして、十二回、夫の元に戻った。

子どもはいなかった。彼は、感傷的に、子どもを欲しがった。大抵いつも悲しかった。

そして、妻はもう二度と戻らない。これで十三回目だ。もう永遠に戻ってこない。

いや、果たして、そうだろうか？ そう思っていると、妻にわき腹をちょんちょんと小突かれる気がした。死んだ妻が彼を笑わそうとしている。彼はちょっと身もだえした。怒ったように眉根を寄せた。笑ってなんかやるものか！ 際限なくしゃくにさわるこの亡妻を見下ろしながら、きれいに剃った四角い顎をがっしり固めて、歯を剥いた。「おまえ、またかよ」と、ディケンズの作中人物みたいに、言いたかった。

いや、自分も完璧な夫だったわけではない。彼は自分の欠点を細かく数え上げようと思った。

ふと、振り返ると、三人の女がいた。女たちは、ロウソクの向こうまで退いていた。白い被りものを額縁として、彼と虚空のあいだに、たゆたっていた。彼の目がギラリとした。彼の口元がゆるんだ。

「わたしが悪かった《メア・クルパ》！ わたしが悪かった《メア・クルパ》！」と彼がうなった。

「とんでもない《マッケ》」と怯えた修道院長が叫んだ。彼女の両の手が、袖のなかの濃密な空間を、巣作りをする鳥のつがいのように、別方向に飛んでいって、また元の場所に戻った。

マシューはひょいと頭を下げ、逃げ出す準備に、ぐるりと振りかえった。修道院長が後ろのほうで、しずかに「主の祈り」を唱えていた。彼女の数珠がぶらぶらゆれていた。青白い顔の若い尼僧は、さらに奥深く退いていた。だが、浅黒い顔の逞しい尼僧が、彼に向かって永久《とわ》に微笑む星のように、その黒い瞳をキラリと光らせた。マシューはまた、微笑みに自分のわき腹をちょんちょん小突かれる思いだった。

「すみません！」と抗議する風に彼が言った。「ぼく、すごく、動揺してて……これで失礼します」

女たちは、どうしていいか分からず、美しくたゆたうままだった。彼は頭を下げて、戸口に向かった。歩きながら、微笑みが顔の上に広がった。逞しい尼僧の、いつもキラキラする黒い瞳の端が、彼のその微笑みを捉えた。ひそかにマシューも思っていた——鳥のつがいの交尾のように色っぽく組まれた、女の浅黒いつややかな両の手を握ってみたいものだ。

それでも、マシューは、意地で、自分の欠点を細かく数え上げようとした。自分に向かって「わたしが悪かった《メア・クルパ》！」と叫んだ。だが、叫んでいる間も、何かがわき腹をちょんちょん小突いて「**笑いなよ**《スマイル》**！**」とささやくのを感じていた。

三人の女は、天井の高い部屋に残されて、たがいに見合った。六本の手が、葉叢《はむら》から不意に飛び立つ六羽の鳥のように、さっと上がって、さっとまた降りた。

「かわいそうに！」と、心をこめて女修道院長が言った。

「ええ！　ええ！　かわいそう！」と、純朴で声高で衝動的な若い修道女も叫んだ。

「ええ《ジア》！」と、浅黒い尼僧も言った。

女修道院長はそろそろとベッドの所まで行って、死人の顔を覗きこんだ。

「この女《ひと》、分かってるみたい。かわいそうに！」とつぶやいた。「そう思わない？」

被りものをかぶった三人の女の頭が傾いて、一つになった。オフィーリアの口の隅が皮肉っぽくかすかにめくれているのに、三人は初めて気がついた。どきどき驚いて、目を凝らした。

「彼のことが見えたのね！」と興奮した若い尼僧がささやいた。

修道院長が、冷たくなった顔のうえに、美しく織られたヴェールをそっと掛けてやった。それから、三人で、数珠を指で繰《く》りながら、魂のために祈りをささげた。それから、修道院長が二本のロウソクを、ロウソク立てにまっすぐ立てた。太いほうのロウソクは、やさしくしっかり握りながら、下に押しつけるようにした。

顔の黒い逞しい尼僧は、自分の小さな祈禱書を持ってまた腰かけた。他の二人は衣擦れの音をさせてそっと戸口まで行き、大きな白い廊下に出た。音も立てずにそっと、川を下る黒鳥のように、黒ずくめの僧衣姿で廊下を流れ下った。不意に、歩みを止めた。冷気をへだてた廊下の向こうの端に、陰気なコート姿でうろうろする寂しい男の姿が見えたのだ。修道院長は急に歩みを速めて、走るぐらいになった。

マシューには、白い被りものをかぶり、手は僧衣のなかに入れて見えない、二人の女のふくよかな姿が自分のほうに押し寄せてくるのが見えた。若い尼僧は少し遅れていた。

「すみません、院長さん《マ・メール》!」彼は、道で呼びかけるみたいに言った。「帽子をどこかに置き忘れてしまって……」

途方にくれて、哀れげに、腕をさっと一振りしたこの時の彼の顔ほど、微笑みに欠ける顔もなかった。

島を愛した男

最初の島

あるところに、島を愛した男がいた。島で生まれたが、生まれた島は性に合わなかった。彼以外の、人間が多すぎた。彼は自分の島が欲しいと思った。一人で住まなくてもいいから、そこに自分の世界を作りたかった。

大きな島は、大陸とさほど変わらない。だから、島っぽくなるには、かなり小さい必要がある。これは、島を自分色に染めるためには、その島がどのくらい狭くなくてはいけないのかを物語るお話である。

さて、もろもろの事態の展開で、この島好きの男は、三十五回目の誕生日を迎える前に、自分の島の所有者になった。自由保有権ではなく、九十九年間の借地権だったが、一人の男と一つの島の関係という点においては、永遠と同じだった。というのは、旧約聖書のアブラハムみたいに、子孫を浜の真砂《まさご》ぐらいの数に増やしたいのであれば、そもそものはじめから、島で子孫を増やそうとは思わないだろう。というのは、すぐに人口過剰になって、人口密度が増大し過ぎ、スラム街になってしまうからだ。これはその孤立ゆえに島を愛する男にとって、恐ろしいことだった。いや、島というのは、卵を抱く巣のようなもので、しかもその卵は一個だけ、その男本人のみでなくてはいけなかった。

この未来の島民が手に入れた島は、遠い大洋の真ん中にあるような島ではなかった。本土に結構近くて、ヤシの木が生えているわけでも、礁《しょう》に波音が轟くわけでもなく、要は、そのような場所ではなかった。船着き場の上に、やや暗く、しっかり建てられた立派な住宅があって、その向こうには、小屋付きの小さな農家と、遠く広がるいくつかの畑があった。船着き場のある小さな湾には、コテージが三つならんでいた。沿岸警備隊員が住むような、漆喰で白く塗った、とても小ぎれいな家だった。

これ以上、快適で「わが家っぽい」場所があるだろうか？　島のまわりを歩くと、四マイルあった。ハリエニシダやブラックソーンの藪を突っ切り、海に突き出た険しい岩々を下に見たり、サクラソウの花咲く低く狭い草地を通ったりしながらで、四マイルだった。二つの瘤《こぶ》のような丘をまっすぐ縦に歩き、草食《は》む牛が寝そべる岩だらけの牧草地を通り、まばらに植えられたカラス麦の畑を越え、またハリエニシダの藪に入って、低い崖の端に達するのも、たった二十分しか掛からなかった。そして、その崖の端に立てば、向こうに、もっと大きい別の島が横たわるのが見えた。だが、島と島のあいだには、海があった。傾斜地の背の低いカウスリップの花咲く芝地を戻ると、今度は、東のほうに、また別の、とても小さな島が、子牛みたいにいた。この小島も、男のものだった。

このように、島でさえ、仲間がいると、嬉しそうだった。

さて、島を愛した男は、自分の島をとても愛した。早春には、咲き乱れるブラックソーンの白い花で、小道や空き地は、一面の雪景色となった。かがやく白が、密集した緑と灰色の岩がかもし出すケルト風しずけさのなかに映え、その白い風景のなかで、ブラックバードが今年はじめての勝利の歌を歌っていた。ブラックソーンと幸せそうなサクラソウが咲き終わると、ヒヤシンスの花の青の幻影があらわれた。しずかに移動する青一面のシートに似た妖精の湖が、藪のあいだ、木々の下の草地に広がるようだった。鳥がたくさんいて、その巣を覗くことができた。すっかり自分のものになったこの島で。なんてすばらしい世界！　なんて幸せな話！

夏が来ると、カウスリップの花が散り、野薔薇が霞《かすみ》のなかでかすかに香った。牧草地には、ジギタリスの花が俯《うつむ》き加減にあった。海水浴のできる小さな入り江では、陽が花崗岩の上に照り、岩場は陰になった。別の島から霧笛のモーッというむせび鳴きが聞こえると、海のぎらつきが空の高みから色あせはじめた。気がつくと霧が出ていて、熟しゆくカラス麦畑を通って家路についた。それから、海の霧が消えて、秋になった。カラス麦の束が地面にぐったりと横たわり、金色の大きな月が、またもう一つの島のように、海のなかから上がってきた。そして、さらに上がって、空に浮かぶと、海が一面、月の光の銀世界になった。

そして、雨とともに、秋が去り、冬が来た。暗い空とじめっとした空気と雨。だが、霜が降りることは滅多になかった。彼の島は、暗くうずくまって、所有者から距離を置いた。濡れて暗鬱な窪地には、怒れる霊の気配があった。霊は、陰気に体を丸めた犬や、起きても寝てもいない蛇のように、とぐろを巻いて、内向していた。そして、夜のとばりが降り、海上のように、突風や暴風が吹きやむと、島は暗闇のような古い無限の宇宙であることが感知できた。それは、島ではまったくなかった。過去のすべての夜のあらゆる魂がまだ生きていて、無限の距離もごく近い、果てのない暗い世界だった。

奇妙なことに、男は空間のなかの小島から、巨大で暗い時間の領域に放りこまれた。そこでは、あらゆる不死の魂が、重大で奇妙な使命をおび、縦横無尽に行き交っていた。地上の小島は起点に過ぎず、縮んでいって消えた。男は、なぜだか、暗く広大な時間の深海に、飛びこんでしまった。そこは過去が大いに生きている世界だった。未来も切り離されていなかった。

これが、島に住むことの罠である。都会では、白い西洋脚絆を付け、轢かれて死んだらどうしようと背筋を凍らせながら、車のはげしい往来を避けてゆくので、果てなき時間の恐怖にあまり悩まなくてすむ。瞬間は時間のなかのちっぽけな小島ということになり、周囲をあわただしく飛びまわっているのは空間としての宇宙だ。

だが、一たび、空間の海にうかぶ小島で独りになると、瞬間がうねりはじめ、息づきはじめる。そして、瞬間が大きな円を描きながら広がってゆく。堅固な地面が失われる。はかない裸の魂は、気がつくと、無時間の世界にいる。そこでは、死者と呼ばれるものたちの戦車が何世紀にもわたる古道を驀進《ばくしん》する。魂たちが過去という名の歩道に殺到する。すべての死者の魂が甦り、どくどく脈打ちはじめる。男はもう一つの無限のなかにいる。

といったことが、主人公の身に降りかかった。説明がつかず、体験したこともないような「感情」に襲われた。いにしえの死んだ男たちやそれ以外の神秘存在をふしぎに感知できた。かつてこの島に住み、今では跡かたもなく消えた大きな髭のガリアの男たちの気配が、まだ夜の空気のなかに残っていた。男たちは今でもそこにいて、その大きくはげしい不可視の体を夜にびゅんびゅん疾走させていた。黄金の短剣とヤドリギを持った僧たち、十字架を持つまた別の僧たち、それから、海辺で人を殺《あや》めた海賊たちがいた。

島男《しまおとこ》は不安になった。昼は、こんな馬鹿げたことは信じなかった。だが、夜になると、そうとしか言いようがなくなった。自分が幅も長さも持たない空間内の一点に縮んでしまい、否も応もなく、そこから別の場所に移った。波に足場を流されたら海のなかに一歩踏み出してゆくしかないのとまったく同様に、男は、夜になると、不死の時間の別宇宙に入っていった。

闇のなかに横たわっていると、昼の空間でも少し不気味なブラックソーンの木立が叫びはじめた。生贄《いけにえ》台のまわりに不可視の種族の老人たちが集まっていた。シデの木の下の廃墟では、言葉を超えた夜に、十字架を持った血まみれの僧のうめき声が聞こえた。ごつごつの岩のあいだの洞窟と隠れた浜の不可視の闇のなかで、紫色の唇の海賊たちが、呪いの言葉を吐いていた。

こういうことは忘れようと、島男は、日々、島の物質的お世話に力を注いだ。幸福の島をほんとうに実現させようと思った。最後の至福の小島だ。自分自身の恵みぶかき花の精神にすみずみまで満たされた、欠けるところなき場所だ。非の打ちどころのない狭小楽園が、人間の手、すなわち彼自身の手によって作られる。

男は、楽園回復のために誰もがやるように、まずお金を使いはじめた。古い半封建的な住居を修復した。もっと室内に陽が入るようにし、床にはすっきり美しい絨毯を敷き、鬱然とした窓に明るい花びら模様のカーテンを掛けた。石造りの地下室にワインを置いた。俗界から、胸豊かなふくよかな家政婦と、ものやわらかに話す経験豊かな執事を雇い入れた。もちろん、彼らも島民になるのだ。

農家に管理人を置き、二人の作男も雇った。ハリエニシダの藪のあいだで、ジャージー種の乳牛がちりんちりん鐘を鳴らしながらゆっくり草を食んでいた。正午には、食事の呼びかけがあった。宵には、煙突から、安らぎの煙が立ちのぼり、憩いの時が降りた。

モーター付きの元気な帆船が、湾にならぶ三棟の白いコテージのすぐ下の、波のしずかな所に停泊していた。他に、小帆船と二艘の手漕ぎ船が、砂浜に置かれていた。魚網が支柱に掛けられ、干されていた。船一艘分の新しい木の板が、十字に積み上げられていた。女がバケツを持って井戸に歩いていった。

端のコテージには、帆船の船長が、妻と息子と住んでいた。もう一つの大きな島の出身なので、この辺の海のことをよく知っていた。晴れた日には必ず息子と漁に出た。だから、晴れた日の島では、新鮮な魚が手に入った。

真ん中のコテージには、老人夫婦が住んだ。とても忠実な夫婦で、大工の夫はさまざまな仕事をこなした。彼はいつも働いていて、カンナやノコギリの音がいつもした。仕事に夢中の、また違ったタイプの島民になった。

三番目のコテージには、石工が住んだ。男やもめで、息子が一人、娘が二人いた。少年の手伝いを使って、溝を掘ったり、柵を作ったり、控え壁を加えたり、新しい離れ屋を建てたり、小さな石切り場で石を切ったりした。彼の娘は、島男の大きな家で働いていた。

しずかで忙しい小世界だった。島に招かれた客は、最初に、黒いあごひげの痩せて愛想のいい船長のアーノルドと息子のチャールズに会う。客が家に着くと、世界中に住んだことのある弁舌なめらかな執事がかしずいてくれて、完璧であまり信用の置けない召使だけに可能な、あのふしぎにクリーミーでスムーズな、ほっとできる贅沢な雰囲気を作ってくれる。客を安心させて、好きなように弄《もてあそ》べるようにするのだ。豊かな胸のふくよかな家政婦はニッコリ笑って、真の紳士にだけ見せる絶妙に尊敬を交えた親密さで、もてなしてくれる。薔薇色の頬のメイドは、まるですばらしい外界から最高の客が来たみたいに、こちらをちらりと一瞥する。それから、コーンウォール州出身の笑みを絶やさず警戒心も絶やさない管理人に会い、バークシャー州出身の内気な作男に会い、彼の清潔感のある妻と二人の小さな子どもに会い、サフォーク州出身の少し不機嫌そうな作男に会う。ケント州から来た石工は、こちらが気をつけないと、延々とおしゃべりが止まらないタイプ。高齢の大工だけがぶっきらぼうで、仕事に夢中で愛想がなかった。

と、このような、閉じた小世界が、そこにあった。まるで、自分が特別な人間になったみたいに親切にしてくれて、だれもが居心地よさそうだった。だが、ここは島男の世界だった。客のものではなかった。島男が主人だった。とびきりの微笑みも、とびきりのお世話も、実は「ご主人様」に向けられていた。みんな、自分たちの恵まれた状況が分かっていた。島男はもはや「何々さん」ではなかった。島のだれもにとって——客であるあなたも含めて——島男は「ご主人様」だった。

まあ、理想的だった。「ご主人様」は専制君主ではなかった。ぜったいに違う！ 繊細で感性豊かでハンサムな「ご主人様」は、すべてに完全無欠を、すべての住民に幸福を、求めた。もちろん、幸福と完全無欠の源泉は、「ご主人様」にあるはずだった。

だが、「ご主人様」は、彼なりに詩人だった。王のように訪問客をもてなし、使用人には寛大に接したものの、隙がなく、とても賢明だった。決して、ボス面して威張ることはなかったが、すべてのことに目配りしていて、抜け目ない青い瞳の若きヘルメス神のようだった。頭のなかの知識量は、驚くべきものだった。ジャージー種の乳牛について、チーズの作り方について、溝掘りや柵作りについて、花作りや造園について、船や航海について、驚くべき知識量があった。あらゆることに関する知識の泉で、その知識を、半分皮肉っぽく半分勿体ぶった奇妙な言い回しで、使用人に分け与えた。あたかも、自分は、神々の半分リアルな奇妙な世界の一員であるかのように。

使用人たちは、帽子を手に、彼の話を傾聴した。彼は、白かクリームがかった白の服を、マントと鍔《つば》の広い帽子を愛した。だから、いい天気の日は、クリームがかった白のサージ地の服を着たおしゃれで背の高い男が、カブの除草の様子を見に、休閑地を歩く鳥みたいにやって来るのが、農業管理人の目に留まった。すると、互いに帽子を取って挨拶してから、島男の気まぐれで、切れ味鋭く、洞察に富んだ話が数分つづき、それに対して、管理人が賛辞を交えながら答えた。作男たちは鍬《くわ》に体を預けながら、何も言わず驚いて聴いていた。管理人は「ご主人様」にやさしいと言っていいくらいだった。

風の強い日には、べたつく海風にマントをなびかせながら、小さな沼地の水はけのために掘られている溝の端に立って、風もものかは、溝の底の男に語りかけた。相手は彼を不可解な目つきでじっと見上げた。雨の宵には、鍔広の帽子で雨をよけながら、農家の庭を急ぎ足で横切る姿が見えた。すると、農家の妻がはっとして叫んだ——「ご主人様だわ！　ジョン、ぼやぼやしてないで、早く、ソファに席をお作りして」。そして、玄関の扉が開くと、大声が上がった――「おや、まあ、旦那様じゃございませんか！　こんな晩に、外に出られて、どうして、わざわざ、わたくしどものような者のところに？」　管理人が彼のマントを預かり、農家の妻は彼の帽子を預かり、二人の作男は自分たちの椅子を部屋の後ろまで引いた。島男は子どもを側に座らせた。彼は子どもの扱いが抜群にうまかった。「子どもたちにするお話がとにかく上手で、イエス様みたい」と農家の妻が言った。

男は、いつも、微笑みに迎えられた。変わらぬ独特の敬意を払われた。まるで、自分がより高等で、よりひ弱な生き物みたいだった。人びとは彼に、ほとんどやさしく、へつらいに近い態度で接した。だが、彼がいなくなったり、彼の噂をしたりする時には、人びとの顔に、微妙な嘲笑の表情が浮かぶこともしばしばだった。「ご主人様」を怖れる必要はぜんぜんないのだ。ただ彼の好きなようにやらせておけばいいのだ。老いた大工だけが、時折、率直に無礼な態度をとったので、ご主人様に気に入られなかった。

人として、男として、彼をほんとうに好く者がいたかどうかは疑わしかった。ひるがえって、彼のほうでも、人として、女として、だれかをほんとうに気に入ったかどうかは疑わしかった。彼はみんなの幸せを願ったし、この小さな島を完全な世界にしたかった。だが、完全な世界を望む者はだれでも、ほんとうの好き嫌いがないように注意深くしなければならない。すると、一般的善意以上のものを与えられなくなる。ああ、それに、残念なことに、だれにでも親切にすれば、「八方美人」のそしりは免《まぬが》れ得ない。そして、親切を施される側のなかに、かなり特殊な悪意を生み出してしまう。このような結果を導いてしまう一般的善意とは、一種のエゴイズムなのだ。

だが、島男には、自分の楽しみがあった。書斎にこもって、ギリシャ・ラテンの古典文学に出てきた花を網羅した事典を編纂していた。古典に深い造詣があるわけではなく、名門パブリックスクールで叩きこまれた素養程度だったが、今はとても優れた翻訳があるので、古代に咲いた花の数々を追いかけてゆくのはとても愉快だった。

こうして、島の一年目が過ぎていった。多くのことをやり遂げた。と思っていたら、請求書がなだれのように押し寄せてきた。何事にも真面目な質《たち》なので、精査しはじめると、顔から血の気がひき、息が止まった。金持ちではなかったし、島の運営を軌道に乗せるために資産に穴があくのは分かっていたが、こうして改めて見てみると、資産に穴があくというより、穴の他にほとんど何も残っていなかった。何千ポンドというお金が吸い取られて、空に消えていた。

だが、もちろん、初期費用の支払いは、これで終わりだ！　これからは、儲けが出るかは分からないが、もちろん、自立してやっていけるだろう。もちろん、自分は大丈夫なのだ。山ほどの請求書を払い終えると、少し気を取り直した。それでも、ショックはあった。来年は倹約だ、出費に気をつけよう。島民たちにも、率直かつ感動的に、そのことを伝えた。みんな、「ええ、もちろんです！　もちろんです！」と言った。

そこで、男は、外は風吹きすさび、雨打ちつける時に、家の書斎に座って、パイプをふかし、ビールをマグで飲みながら、管理人と農業計画を話し合った。男がその細面の美貌を上げると、青い目が夢見るようになった。「なんという風だ！」――大砲のような音がした。彼は、泡立ち荒れ狂い打ち寄せる波に着岸不可能になった自分の島を想像して、ほくそ笑んだ……「いや、ぜったいに手放すもんか」。それから、農業計画に注意を戻すと、夢中になった天才みたいに、その白い手を熱く速く動かして、大切な点を強調した。「はい！　はい！　おっしゃるとおりでございます、ご主人様」と、管理人はうなっていた。

だが、管理人は、ほとんど聴いていなかった。彼は、ご主人様の高級ローン地の青いシャツと変わったピンク色のネクタイと炎のように赤い宝石のネクタイピンと琺瑯《ほうろう》引きのカフスボタンと奇妙なスカラベの指輪を見ていた。彼の探るような茶色の目は、何度も何度も、計算高く鈍いおどろきに丸くなって、ご主人様の一分の隙もない颯爽とした身なりをちらちら追った。だが、ご主人様のきらきらと高揚した視線に会うと、かすかに頭を下げながら、その目を光らせ、注意深く、温かさと服従を伝えた。

このようにして、二人で、何を植えて、どの肥料をどの場所で使い、どの種の豚を輸入して、どの血統の七面鳥を飼うかを決めた。つまり、管理人は、ずっと、用心深く、ご主人様に賛成することによって、その決定プロセスから足を洗い、若い主人のやりたいようにさせた。

主人には、知識がそなわっていた。彼は本を読んでその要点を捉えたり、自分の知識を活用したりすることにとても秀でていた。それに、概して、彼の考えは的を射ていた。管理人もそのことは知っていた。だが、管理人には、主人に匹敵する熱意がなかった。その茶色の目は温かく恭《うやうや》しく微笑んだが、彼の薄い唇はぴくりとも動かなかった。主人は、自分の考えを巧みに相手に伝えながら、少年らしく変わりやすい柔軟な唇をすぼめたりしたので、管理人は目を見開いて驚嘆の気持を伝えた。だが、心のなかでは、何も聞いていなかった。ただ、奇妙な外来種の動物を見るみたいに、共感することもなく、他人事のように、主人を眺めていた。

そんな具合に話がまとまると、主人はベルを鳴らして、執事のエルヴェリーを呼び、サンドイッチを持って来るように言いつけた。主人は上機嫌だった。それを見た執事は、アンチョビーとハムのサンドイッチに新しく開けたベルモット酒のボトルを付けて持っていった。この家では、いつも、何かのボトルが、新たに開けられていた。

石工に関しても、同じだった。石工と主人は小さな土地の水はけについて話し合いを持ち、パイプと、特製煉瓦と、あれやこれやが、追加注文された。

やっと天気がよくなり、島の重労働がひと息ついたので、主人は帆船で短いクルーズに出た。帆船と言っても小さなもので、本土の沿岸づたいに航海して、時々、港に立ち寄った。港ごとに友人が来てくれたので、執事は小ぶりで美しい食事を船室で提供した。すると、主人は、別荘やホテルに招かれた。まるで、陸《おか》に上がった王子様だった。

ああ、それが！　なんと高くついたこと！　彼は銀行に電報を打って、お金を用意した。また、島に戻って、倹約をはじめた。

水はけ用溝が掘られている最中の小さな沼地に、リュウキンカの花が燃えていた。それを見て、男は進行中の工事を少し後悔した。溝が完成した暁には、リュウキンカの黄色いかがやきはもう二度と見られないのだ。

収穫の時が来た。大豊作だった。収穫完了の祝宴をしなくては。細長い納屋の改修がすっかり終わって、増築もされた。大工が長いテーブルを作ってくれた。傾斜のきつい天井の梁《はり》からランタンが吊るされた。島民全員が集まった。管理人が司会をした。宴が楽しく盛り上がった。

終わり近くになって、主人がベルベットのジャケット姿で、ゲストを伴って現れた。すると、管理人が立ち上がり、叫んだ——「ご主人様に乾杯！　いつまでもお元気に、長生きしてください！」全員が熱く熱く歓呼の声をあげた。主人はその返礼に、短いスピーチをした——「この島は、みなさん方のささやかな世界です。この世界がほんとうに満ち足りた幸福の世界になるかどうかは、みなさん方のお力次第です。一人一人が自分の務めを果たさなくてはいけません。わたしも、わたしなりに、この愛する島のために、愛するみなさん方のことを思って、できるかぎりのことをしたつもりです」

執事が応答した——「ご主人様のような方がいる限り、この島はそこに住むすべての人間にとって、小さな天国でありつづけるでしょう」管理人と石工が男らしく熱い賛意を示した。船長も興奮して我を忘れた。それから、みんなで踊って、老いた大工がヴァイオリンを弾いた。

だが、表面はともかくとして、事態は芳《かんば》しくなかった。そのあくる朝に、作男の少年がやって来て、雌牛が一頭、崖から落ちたと言う。主人が現場に行って、さほど高くない崖の上から覗いてみると、エニシダの遅咲きの花が少し固まって咲いている下の緑の岩棚で、牛が死んで横たわっていた。美しい、値段の高い牛だった。もう膨らみはじめているように見えた。それでも、わざわざこんな所に落ちるなんて、なんて愚かな！

崖の斜面を引き上げるには、数人の男の力が要った。それから、皮を剥いで、埋葬した。肉を食べようとする者はいなかった。ほんとうに酷い事件だった！

この島を象徴する出来事となった。元気とともに、喜び勇んで何かをやろうとする度に、見えざる手が沈黙のなかから現れて、呪いのような打撃を与えた。一人が足の骨を折ると、もう一人がリューマチ熱で歩けなくなった。豚に奇妙な病気が流行り、嵐で帆船が岩に乗り上げた。石工が執事を憎んで、自分の娘を屋敷で働かせるのを拒んだ。

大気そのもののなかから、重く非情な悪意がにじみ出ていた。島それ自体が、悪意に染まっているように見えた。何週間もずっと、暴力的で破壊的だった。ところが、ある朝起きてみると、突如、また、天国の朝の宝石みたいになっていて、すべてが美しく流れていた。すると、だれもが、大いに胸を撫で下ろして、幸福の期待が戻った。

そして、主人の胸も花のように開いて、さあこれからという段になると、たちまちのうちに、また、何かひどい災いが降りかかるのだった。だれかから匿名の短い手紙が来て、他のだれかの誹謗中傷が書かれていた。さらに他の者がやって来ては、召使の悪口を仄めかした。「好き放題にごまかして、気楽な稼業だと舐めてるヤツがいるわ」と、主人にも聞こえる距離で、石工の娘が人当たりのよい執事にわめいていた。主人は聞こえなかったふりをした。「夫は、ここは聖書に出てくる「エジプトの痩せ牛」〔旧約聖書『創世記』第四十一章〕だって言っています。大金を呑みこんでしまって、その見返りが何もないって」と、作男の妻がご主人様のお客の一人に打ち明けた。

人びとは満足できなかった。彼らは、島暮らしに向いていなかった。子どものいる者は、「子どもに申し訳ない」と言った。子どものいない者は、「これは自分の求めていたものではない」と言った。そして、さまざまな家族が互いをかなり憎み合うようになった。

それでも、島はとても美しかった。スイカズラの花の香りがただよい、月の光が海面にきらきらかがやくと、不平屋でさえ、ふしぎなノスタルジアを島に感じるのだった。激しい憧れに身を焼くのだった。それは、過去への憧憬かもしれなかった。血の鼓動が今とは違う、島の謎めいた過去に戻りたくなるのだ。熱情のふしぎな潮が押し寄せて、ふしぎに激しい欲望と残酷な想像に取り憑かれる。それは、かつてのこの島が知っていた血と熱情と欲望に違いなかった。気味の悪い夢。半ば覚めていて、半ば掻き立てられた渇望のような。

主人自身も自分の島が怖くなりはじめた。ここでは、彼も、今まで感じたことのないようなふしぎに暴力的な気持に襲われた。今まで縁のなかった獣欲に取り憑かれた。今では、島民たちに少しも愛されていないことがよく分かった。彼らの心には、彼に対するひそかな反感があって、恨んだり、嘲ったり、妬んだりしていた。陰で、彼の没落を願っていた。だから、彼のほうでも、用心深く、本心を明かさないようにした。

だが、耐えがたくなった。二年目の終わりに、何人かが島を離れた。家政婦がいなくなった。主人はいつも、女のうぬぼれが一番たちが悪いと言っていた。石工も、もうこれ以上あれやこれや指図されるのはうんざりだと言って、家族を連れて、島を去った。リューマチを患う作男が残った。

それから、この年の請求書が来はじめたので、主人は収支計算をしてみた。豊作にもかかわらず、経費に比して、資産は笑ってしまうほどだった。今年も、損失だ。それも、数百どころではない、数千ポンドの損失だ。信じられなかった。とにかく、この目を疑った！　一体、どこにお金が消えてしまったのだろう。

夜も昼も書斎にこもって、鬱々と、帳簿を調べた。徹底的に、調べた。島を去った家政婦がちょろまかしていたのが分かった。多分、他のだれもが、ちょろまかしていた。だが、それはどうしても考えたくなかったので、彼はなかったふりをした。

それでも、合わない収支を何とか合わせようとして、目が落ちくぼみ、顔からは血の気が失せた。何ものかにお腹を蹴られたみたいだった。憔悴しきっていた。だが、お金は無くなってしまったので、それで一巻の終わりだ。また、資産に大きな穴があいた。どうして、人は、こんなに冷酷なのだろう?

このままではまずい。火を見るよりも明らかだ。遠からず、破産してしまう。そこで、渋々ながら、執事に暇を出した。この執事にどのくらいちょろまかされていたのか、分かってしまうのが嫌だった。結局、ほんとうにすばらしい執事だったのだ。それから、農業管理人にも辞めてもらった。これについては、残念に思わなかった。農業の赤字には、心底、腹を立てていた。

三年目には、厳しい経費削減を断行した。島は今でも神秘的で魅惑的だった。だが、同時に、不実で、残酷で、ひめやかな悪意に満ちていた。白い花やブルーベルの青が咲き乱れ、頭を垂れた薔薇色のジギタリスの釣鐘型の花も威厳に満ちて美しかったが、にもかかわらず、島は男の容赦ない敵だった。

人を減らし、給料を減らし、地味に、堅実に、三年目が過ぎた。だが、それは希望のない戦いだった。農場は今でも多くの損失を出して、資産の残りにさらに穴があいた。古い穴のまわりのわずかな残りに、穴があいたのだった。その点でも、島は神秘的だった。まるで、見えざる八本の足を、あらゆる方向から、男のポケットに入れて、金をくすねるタコだった。

それでも、主人は、島を愛した。だが、今では、愛のなかに、少し恨みがまざっていた。

四年目の後半には本土に行って、一生懸命、島を処分しようとした。そして、島の処分がどんなに難しいかを、骨身にしみて思い知らされた。だれもが、こんな島を欲しがっているだろうと思い込んでいた。だが、ぜんぜん、そうではなかった。だれも、一ペンスたりとも、出そうとしなかった。何としても離婚したい亭主みたいに、島と別れたくなった。

五年目の半ばに、ようやく、かなりの損を出しながら、ホテル会社に譲渡することになった。会社は、ここを新婚旅行とゴルフに便利なリゾートに変える予定だった。

さあ、わたしの恵みに気づくことのなかった島よ。これがお前の運命だ！ 新婚旅行とゴルフの島に生まれ変われ！

二番目の島

島男《しまおとこ》は移らざるを得なかった。だが、本土には行かない。ぜったいに！　彼は、今でも自分のものである小さい島に移った。彼に付いてきたのは、本当は主人のお気に入りではなかった忠実な老いた大工夫妻と、最後の年に屋敷の面倒を見ていた未亡人とその娘と、老大工の手伝いをする身寄りのない少年だった。

とても小さかったものの、海に突き出た岩の瘤みたいなその島は、見かけよりは、大きかった。岩や藪のあいだを細い道が走っていて、それがくねくねと曲がったり、上ったり下ったりしながら、小島を周回していた。一周二十分で、予期していたより時間がかかった。

それでも、やはり、島だった。島男は、自分の蔵書全部とともに、部屋が六つある普通の家に移った。その家までは、ごつごつした船着き場から這いのぼっていった。その他に、二軒長屋のコテージがあって、その一つに、老大工夫婦と少年が住み、もう一つに未亡人と娘が住んだ。

ようやく、すべてが整った。二部屋が男の蔵書でいっぱいになった。もう秋だった。オリオンが海から上ってかがやいた。暗い夜には、前にいた島の明かりが見えた。ホテル会社が、新婚とゴルフ旅行の新リゾートを宣伝してくれるお客をもてなしているのだった。

だが、この岩の瘤では、男は今でも主人だった。岩の裂け目を、猫の額の狭さの平らな草地を、ヘアベルの最後の花垂れさがる小さな断崖を、探索した。夏の種子は、茶色く、だれにも触れられず、孤独に海の上を舞った。男は古い井戸をじっと覗きこんだ。ブタが飼われていた石の囲いを調べてみた。自分自身は、ヤギを飼った。

やはり、島だった。休むことなく、いつも、いつも、下方の岩々のあいだで、ケルトの海が、羽毛の島の灰色の体をしゃぶったり、洗ったり、打ち叩いたりしていた。なんと多くの、さまざまな海の音が聞こえることか！　深い爆発音、雷鳴めいた轟き、長い奇妙な溜め息、口笛のような音、それから、市場で叫んでいるみたいな本物の人声が、海のなかから聞こえた。そして、遠くで鳴っている鐘、ぜったいに本物の鐘が聞こえた！　それから、とても長い、驚異の震えるトリルが聞こえた。そして、その下に、しわがれた喘ぎ声があった。

この島には、人間の幽霊はいなかった。古代部族の幽霊はいなかった。海があり、波の泡が立ち、風が吹き、天気が変わる――大自然が人間の幽霊をすべて押し流してしまった。押し流してしまって、残されたのは海の音だけだった。それは、無数の声を持つ海自身の亡霊となって、冬の間中、語らったり、たくらんだり、叫んだりしていた。そして、海の匂いが残った。ハリエニシダの密生する藪やヒースのごわごわした茂みが、灰色の半透明の岩々のあいだに、灰色のより透きとおった大気のなかにあった。寒かった。灰色だった。海の霧がそっと這い寄ってきた！　そのただ中に、岩の塊の小島が、空間のなかの最果ての点のように、あった。

海の縁《へり》の頭上に、緑のシリウスがかがやいていた。島は影だった。沖合の船の小さな灯が見えた。下方、岩だらけの入り江には、漕ぎ船とモーター付きの船が休んでいた。大工の家の台所に明かりが点いていた。それですべてだった。

もちろん、主人の家では、ランプが点され、未亡人が夜食の準備をしていて、娘も手伝っていた。島男が食堂で食事をはじめた。もう、ここでは、「ご主人様」ではない。彼は島男に戻って、平安を得た。老大工も、未亡人も、その娘も、忠義を尽くしてくれた。大工は、仕事熱心で、陽のあるうちは、ずっと働いてくれた。未亡人と三十三になる無口で少し儚《はかな》げな娘も、いそいそと、「ご主人様」の世話に心を砕いてくれた。二人は島に落ちつけたことを限りなく感謝していた。だが、二人は「ご主人様」とは呼ばなかった。「カスカート様」と彼の名前を、やさしく、恭しく、呼んだ。すると、男も、世捨て人が音を立てることを怖れるみたいに、そっと、やさしく、答えた。

島は、もはや「世界」ではなかった。それは、避難所に似ていた。島男はもう何もはげしく求めなかった。何も欲求がなかった。彼と彼の数少ない召使たちは、空を飛んできてこの岩に降りたち、何も言わずに身を寄せあっている海鳥の小集団に似ていた。空を渡る鳥たちの、もの言わぬ謎。

一日のほとんどを書斎で過ごした。事典の出版が近づいていた。未亡人の娘が、原稿をタイプで清書してくれた。彼女にはそれなりの教育があった。タイプライターを打つ音は、島で唯一の異音だった。それでも、じきに、そのカタカタいう音も、海の音や風の音に溶けこんだ。

何カ月かが過ぎた。島男はずっと書斎でものを書き、召使たちは淡々と自分の務めを果たしていた。ヤギは、黒く小さい子ヤギを産んだ。目が黄色かった。海ではサバが獲れた。老大工は、少年を連れて、漕ぎ船で漁に出た。天気が穏やかな時を選んで、モーター付き船で一番大きい島に行き、郵便を受け取った。生活必需品も買った。一銭も無駄にしなかった。

日々が過ぎた。夜も過ぎた。欲望もなければ、倦怠もなかった。

あらゆる欲望を離れたふしぎなしずけさは、島男を驚かせた。彼は何も欲しくなかった。

ついに、彼のなかで、魂がしずまった。その心は、海のなかの薄暗がりの洞窟のようだった。そこでは、ふしぎな海草が水中で繁茂しながら、ほとんど揺れなかった。その海草のあいだを、無言の魚が一匹、影のようにするりと出たり入ったりしていた。すべてはしずかで、やわらかく、わめきたてることがなく、それでも、しっかり根を生やした海草が生きているように、生きていた。

男は自問した──「これが幸せだろうか?」

男の心が答えた──「わたしは夢になってしまった。何も感じない、何を感じているのかも分からない。それでも、わたしは、幸せな気がする」

ただ、彼には、知的活動の刺激が必要だった。だから、長い時間、書斎で、黙々と、急ぎすぎることなく、自惚れることもなく、クモが細くけだるく糸を紡ぐように、文章をゆっくりと紡ぎ出した。もはや、自分の書く文章が果たしていいものかどうか悩むことはなかった。そっと、ゆっくりと、クモの糸みたいに紡いでいって、それが秋のクモの糸のように空中に溶けて消えてしまっても、それで構わなかった。彼には、クモの糸のようなやわらかな儚《はかな》さこそが永遠に感じられた。永遠性の薄霧《うすぎり》がそこにあった。ひるがえって、大聖堂のような石造りの建物は、最後は潰《つい》える定めを知って、時間的抵抗を泣きわめいているように思えた。

長く踏ん張ることとの緊張の悲鳴が、いつも聞こえるようだった。

時折、本土に行き、都会に出向いた。そういう時は、最新流行のファッションに身をつつみ、会員制クラブに足を向け、劇場では舞台に近い一等席に座り、買い物はロンドン中心のボンド街でした。出版社と出版の条件を話し合った。だが、彼の顔の上に、進歩のレースから棄権したあのクモの糸っぽいポワッとした表情が浮かんでいて、都会の俗物たちは彼に勝ったような気になった。だから、彼は、自分の島に戻るとほっとした。

本が出版できるかどうかはどうでもよかった。一年一年のあわいが曖昧になってきて、やわらかい靄《もや》のようなものになってしまい、何も判然としなかった。春が来た。彼の島にサクラソウは一本もなかった。だが、彼はキバナセツブンソウを見つけた。ブラックソーンの小さな木が二本、小枝に分かれて花をつけていた。アネモネもあった。彼は自分の小島に咲く花のリストを作りはじめて、その作業に熱中した。野生のフサスグリの木を見つけた。背の低い小さな木に咲くニワトコの花を探し、エニシダの黄色い切れ端が集まったみたいな花がはじめて咲いている所を探し、それから野薔薇を探した。シラタマソウ、蘭、ハコベ、クサノオウといったこの島の花々を、彼は住んでいる人間以上に、誇りに思った。湿った一隅にひっそり隠れるように咲いていたネコノメソウを見つけた時は、思わずしゃがみこんで、時間の経過を忘れ、放心状態で見入っていた。それでも、見るほどの花ではなかった——ということが、未亡人の娘に花を見せた時の、彼女の反応に示された。

彼は、心《しん》から勝ち誇るように、娘に言った。

「今朝、ネコノメソウを見つけたよ」

名の響きがかがやいていた。娘は、茶色い瞳をうっとりさせて、彼を見た。彼は女の瞳のなかの空ろな痛みが少し怖かった。

「そうでしたの？　すてきな花でしたの？」

彼は唇をすぼめ、眉を傾けた。

「ふむ——華やかっていうわけじゃないけれども。よかったら、見せてあげるよ」

「ええ、拝見したいです」

彼女はとても無口で、とても哀しげだった。だが、彼は彼女のなかに頑固さを感じて、不安になった。「とても嬉しい、ほんとうに嬉しい」と、彼女は言った。そして、彼の後から、黙々と、影のように、二人ならんでとても歩けないような狭いごつごつの小道を、付いてきた。先頭を歩く彼は、すぐ後ろから従順な犬みたいに付いてくる女を背中で感じた。女が背後から男をうっとり眺めているのが分かった。

結局、娘と関係を持ってしまったのは、彼女に対する一種憐れみの気持からだった。だが、彼女が彼をすっかり操れるようになっていて、仕掛けたのは彼女のほうだったことに、彼はまったく気づかなかった。それでも、関係を持つとすぐに、ざわついた気持に襲われ、まったくの間違いだったと感じた。彼女は彼の神経に障った。彼はそれを欲しなかった。そして、彼女も、肉体面では、それを欲していないように思われた。ただ、女の意志がそこにあった。彼は家を出て、首の骨を折りそうになりながら、海面近くの岩棚まで崖を這い下りた。そこで、ざわついた気持に全身つつまれながら、ずっと何時間も座って、海を見つめていた。そして、「二人とも求めていなかったのに。二人ともほんとうは求めていなかったのに」と惨めに独りごちていた。

性の自動作用にまた捕まった。セックスが嫌いなわけではない。セックスは生の偉大な神秘の一つだと、中国人同様、彼も思っていた。だが、それが機械的、自動的になってしまうと、そこから逃げ出したくなった。自動作用のセックスには打ちのめされた。それは彼を一種の死で満たした。ようやく、無欲の新たなしずけさの境地に達したと思っていたのに。その先には、もしかしたら、みずみずしく繊細な新たな欲望があったかもしれないのに。未踏の地で出会う二人の、かそけき未挿入の交歓があったかもしれないのに。

それが何であれ、これは違った。これは新しくもみずみずしくもなかった。自動的で、意志の力で進められた。彼女の側も、本心では、欲していなかった。彼女のなかの自動機能だった。

男が、夜、とても遅く、家に帰ると、女の顔は、彼に嫌われないかと、恐怖と憂慮に真っ青だった。すると、男のなかに憐れみの気持が起き、やさしく気をつかって、安心させるようなことを言った。それでも、女に近づかないようにした。

女はどんな気配も見せなかった。前と変わらず、何も言わずに、彼のそばで彼に仕えたい抑えがたい気持を隠して、奉仕した。彼女のすがる愛には、怖ろしい奇妙な執拗さがあるように、彼は感じた。女は何も要求しなかった。だが、今では、女の茶色にかがやく、ふしぎに空ろな瞳のなかに、無言の問いかけがあった。問いはまっすぐ彼に向かって来た。そこに込められたエネルギーや意志の力を、彼は理解できなかった。

そして、屈服した。そして、また彼女を求めた。

「わたしのこと、お嫌いになるのなら、いけません」と、彼女が言った。

「そんなバカな」彼は苛々と答えた。「違うよ、当たり前だろ」

「もちろん、カスカート様のためなら、わたし、何でもいたします」

彼女のその言葉を思い出すのは、いつも事が終わって、憤懣やるかたなくなった時だった。思い出すと、さらに腹が立った。どうして彼女は、彼のためにするふりをするのだろうか？自分のためにしてくれればいいのに？　だが、癇癪を起こした彼は、さらに深みにはまった。満たされない彼は、何かしらの満足を得ようと、女におぼれてみた。島の皆の知るところとなった。だが、彼は構わなかった。

すると、残っていた欲望さえも消えてしまった。彼はただただ打ちのめされた。相手の女は意志のみで自分を求めていると感じた。彼は打ちのめされて、自己嫌悪でいっぱいになった。彼の島は汚された。駄目になった。ようやく辿りついた稀有で無欲な人生の境地を失ってしまった。元の木阿弥だ。せめて、二人のあいだにほんとうの繊細な欲望が生まれていたら。せめて、男が女に出会うことのできるあの稀有な第三の地点で、二人とも自分のなかの儚く感じやすいクロッカスの花のような欲望の炎を裏切らない繊細な出会いが起きていたら。だが、実際に起きたのは、そのようなことではなかった。ほんとうの欲望ではなく意志によって起こされた自動的なものだった。辱められたような気持が残った。

女の無言の非難を顧《かえり》みず、男は小島を発った。大陸をさまよった。腰を落ち着けられる場所を探したが、無駄に終わった。調子がずれていた。もう、世間とうまくやって行けなくなっていた。

すると、フローラという名のその女から手紙が来た。なんと、子どもが生まれると言う。彼は撃たれたように腰砕けになり、そのまま、座りこんでいた。だが、女には次のような返事を送った――「おめでたい話じゃないか。起きたことは起きたことだ。心配するより喜ぼう」

ちょうど、その時、島のオークションが行われた。彼は地図を取り出して、精査した。そして、オークションでは、ただ同然で、また、他の島を買った。それは北の海の島嶼《とうしょ》群の縁にある、数エーカーしかない岩の塊だった。とても低くて、大洋からちょこんと頭をのぞかせているだけだった。建物はなく、一本の木さえなかった。一面、北の海の芝におおわれ、雨水のたまった池があり、スゲが少し生えていた。岩だらけで、海鳥がいた。泣きだしそうな西の雨雲の下、他は何もなかった。

買ったばかりの島に行ってみた。数日間、海が荒れて、島には近づけなかった。それから、海霧が薄くなって、上陸してみると、低地が靄のなかを遠くまでつづいているように見えた。だが、それは錯覚だった。海の湿ってじめじめした芝の上を歩いてゆくと、暗灰色のヒツジがぱっと逃げた。亡霊のようだった。しわがれ声でめえめえ喚《おめ》いていた。スゲの生える暗い池があった。その先の湿地を行くと、灰色の海が怒って、岩場ですするような音を立てていた。

これこそ島だ。

そして、フローラの待つ家に戻った。女は、後ろめたそうに、おどおどと彼を見た。だが、その不気味な瞳には、勝利のきらめきもあった。彼はまた、やさしくなって、女を安心させ、歯痛に似たあの奇妙な欲望にまた憑かれて、女の体さえ求めた。そして、女を本土に連れていって、子どもが生まれるというので、結婚した。

それから、島に戻った。女は、今でも、男に食事を運んできた。男の希望で、自分の食事も一緒に持ってきて、一緒に座って、食べた。女の母は台所で食べるのを好んだ。フローラは、女主人として、家の客室で寝るようになった。

彼の欲望は、その正体が何にせよ、吐き気とともに、決定的に終わった。子が生まれるにはまだ数カ月あった。自分の島が、忌まわしいものとなり、郊外のような俗悪さを帯びてしまった。彼は洗練された特質をすべて失った。ここに何週間もいるのは、牢獄にいるみたいに屈辱的だった。だが、子どもが生まれるまでは、歯を食いしばった。それでも、逃亡を考えていた。フローラは知りさえしなかった。

看護婦が来て、夫妻と食事をするようになった。時折、医者も来て、海が荒れると、家に泊まった。ウィスキーを飲むと上機嫌になる男だった。

ロンドン近郊ゴールダーズグリーンに住む若夫婦と、何ら変わりない生活だった。やっと、娘が生まれた。父は赤ん坊を見て、ほとんど耐えがたいほど、落ちこんだ。背中に石臼をしょいこんだようなものだ。だが、本当の気持は隠そうとした。フローラも気づかなかった。彼女は、体調が元通りになる時も、半分喜びにボケたみたいに勝ち誇って、にこにこしていた。それから、また、あのやるせなく、思わせぶりで、少し図々しい視線を彼に投げるようになった。女は夫を崇めたてまつっていた。

彼はそれが我慢できなかった。「少し、家を留守にしなければならない」と妻に伝えると、妻は涙を流したが、「もう夫はわたしから逃げられない」とも思っていた。彼は自分の資産の大半を妻に譲渡し、それがどのくらいの収入を生むのか、紙に書いてやった。夫の話はほとんど耳に入らず、妻はその崇めたてまつる図々しい視線を、ねっとり夫に送った。夫は妻に、預金残高をきちんと記した小切手帳を与えた。すると、妻ははっとして、興味を持つようになった。もし、この島に飽きたら、どこでも好きな所に住めばいい、と夫は妻に言った。男が島を去る時、妻はその茶色い瞳の、あの切なく執拗な視線で、夫を追いかけた。妻の流す涙さえ、夫の目には入らなかった。

彼はまっすぐ北進して、三番目の島を準備した。

三番目の島

三番目の島も、じきに、居住可能になった。セメントと砂利浜の小石の大きいものを使って、二人の男が小屋を建て、波状鉄板で屋根を葺《ふ》いてくれた。小型船で、ベッドとテーブルと椅子三脚と立派な食器棚と本を数冊、運びこんだ。石炭と灯油と食物を買いこんだ——男が欲するものはとても少なかった。

家は、上陸地点である平らな砂利浜の入り江に近かった。その浜に小さな船を引き上げておいた。八月の晴れた日に、男たちが島を去って、彼一人、残された。水色の海はしずかだった。水平線上には、小さな郵便汽船のまるで歩くようにゆっくり北に向かう姿が見えた。その汽船は週に二回、外側の島嶼群を訪れた。天気のいい日は、必要があれば、汽船の所まで漕ぎ出していけた。小屋の背後の旗ざおに旗を上げて、汽船に信号を送ることもできた。

まだ数匹のヒツジが島に残って、彼の相手をしてくれた。猫が一匹いて、彼の足に身を擦り寄せた。北国の秋の晴れた美しい日々がつづくあいだは、岩間を歩いたり、じくじく湿った芝の上を歩いたりした。最後は必ず、決して動くことをやめない、休むことを知らない海に出た。草木の葉を一枚一枚見て、他の葉と比較した。水にゆれる海草の果てない伸長と収縮を眺めた。島を守ってくれる木も、ヒースの茂みさえもなかった。ただ、芝があり、芝の上に育つ小さな草木があり、池のそばにスゲが生え、海には海草がゆれていた。男は喜んだ。男は高い木も低い木も欲しくはなかった。木は人間みたいに突っ立っているので、自己主張が強すぎた。水色の海に低く頭をのぞかせる裸の島以外に、男に欲しいものはなかった。

本を書くのはもうやめてしまった。興味が失せた。自分の島の低い高みに座って、海を眺めるのが好きだった。淡い青のしずかな海に見入っていた。すると、海に靄《もや》が立ちこめるみたいに、彼の心もぼうっとしてきて、霞《かすみ》がかかった。時折、北のほうに、蜃気楼のように、陸地の影が浮かんで見えた。彼方の大きな島だった。だが、現実感がなかった。

そのうち、水平線近くに汽船が見えると、びくっとするようになった。汽船が立ち止まって彼に嫌がらせをするのではないかと怯えるみたいになった。神経質にその船の行方を観察しながら、それが見えなくなってしまうまで、内心気が気でなく、居ても立ってもいられなかった。他人の接近を待つ緊張が耐えがたかった。人に近づいて欲しくなかった。人声を聞くのも嫌だった。うっかり猫に話しかけた自分の声にショックを受けたりした。大いなる沈黙を壊してしまった自分を叱った。それから、猫が彼を見上げて、小さな声で訴えるように「ミャア」と鳴いたりすると、苛々するようになった。猫に向かって顔をしかめると、猫も理解した。家を離れて野良猫になって、岩間に身を隠して、多分、魚を獲っていた。

だが、彼が一番嫌いだったのは、ヒツジの群れの一頭が口を開け、その耳ざわりなしゃがれ声で「めえええ」と鳴く時だった。そのヒツジに目をやると、ヒツジのほうも、彼に耐えがたく下卑た顔を向けた。彼はヒツジを嫌悪するようになった。

ただただ海のささやきを、別世界から来るようなカモメの鋭い叫び声を聞いていたかった。最上の音は、大いなる沈黙だった。

船が来たら、ヒツジを処分しようと思った。ヒツジは彼に馴《な》れてしまっていて、彼を見ると立ち止まって、その黄色や無色の目でじっと見た。冷たい嘲りに近い傲慢さがあった。冷やかな淫らさもかすかにあった。強い嫌悪感が湧いた。ヒツジたちは岩場からぴょんと跳ねる時に、蹄《ひづめ》が固く乾いた音を立てた。毛が四角い背中にぷわっと揺れた。——それが、彼には、反吐が出そうに堕落していると映った。

好天の日は過ぎ、終日、雨が降った。ずっとベッドのなかで、雨水が屋根から亜鉛の天水《てんすい》桶《おけ》に落ちる音を聞いていた。開けた戸口から見えない海の方向に目をやって、雨と黒い岩々を見ていた。たくさんのカモメが住みつくようになった。あらゆる種類の海鳥がいた。そこに別世界があった。見たこともない鳥が多かった。本を取り寄せて、名前を知ろうという昔の衝動がよみがえった。見たものすべての名を知りたいという古い情熱が動き、汽船のところまで漕ぎ出そうともした。鳥たちの名前! どうしても知りたかった。そうしないと、自分のものになった気がせず、鳥たちが生き生きした存在にならなかった。

だが、その欲求も失せた。そして、鳥たちが円を描いて空を舞ったり、自分のまわりを歩く様子を、ただ、ぼうっと、茫然と、何となく見ていた。あらゆる興味が、失せた。ただ、小屋の開けた戸の前を行ったり来たりしている大きくて美しい一羽のカモメだけは例外だった。まるで、何か使命を帯びているかのように、行ったり来たりしていた。大きくて、真珠の灰色で、真珠のように美しくなめらかに丸々としていた。だが、翼を閉じると先のほうが黒くなり、その閉じた黒の上にとてもはっきりした白い点が三つ、模様となって浮かんだ。島男《しまおとこ》は、どうして、こんな小さな装飾が最果ての北の海鳥の体にあるのだろうと、大いに考えこんだ。このカモメが、先の曲がった薄黄色のクチバシを奇妙に怪しく偉ぶって突き出しながら、薄墨を混ぜたような金色の脚で、気取って、何度も家の前を行ったり来たりする姿に、心を打たれた。この鳥は何かの兆しなのだ。この鳥には何か意味がある。

それから、その鳥も、来なくなった。海鳥の飛翔、羽音、翼の煌めき、不気味な鳴き声にあふれていた島が、また寂しくなりはじめた。もう今では、岩場や芝の上で、生きている卵みたいに座って、頭を動かしながらも、男の足元からは滅多に飛び立たない鳥たちはいなかった。もう今では、鳥たちが、ヒツジに混じって芝の上を駆けてから、低く飛びあがることもなくなった。大群が去った。それでも、残るものは、常にいた。

陽が短くなり、薄気味悪くなった。ある日、船が、不意に襲いかかるように着いた。島男は賊の侵入と感じた。地味で不格好な二人の男と話すのは、拷問だった。二人の馴れ馴れしい気配がひどく癇に障《さわ》った。彼自身はこざっぱりした身なりで、小屋もきれいに整頓されていた。どんな形の侵入にも怒りをおぼえた。二人の漁師の質素な武骨さや鈍重さが真に耐えがたかった。

二人が持ってきてくれた手紙は、開封せずに小さな箱のなかに入れておいた。そのなかの一通にはお金が入っていた。だが、それさえ開けられなかった。どんな種類の接触も忌まわしかったのだ。封筒に書かれた自分の名前を読むのさえ嫌だった。それらの手紙は見えないところに仕舞った。

ヒツジを捕まえて縛り、船に乗せるのが耐えがたい大騒ぎになり、彼は生きとし生ける動物を深甚なる嫌悪感をもって忌むようになった。どんな胸糞悪《むなくそ》い神が動物と悪臭ただよう人間を作り出したのだろう。漁師もヒツジも同様に、彼の鼻についた。美しい大地の穢《けが》れだった。

ようやく船が帆を上げて、しずかな海に乗り出していってもまだ、彼の神経はひどく苛立ち、ささくれ立っていた。日が経っても、時折、ヒツジがものを食む音が聞こえる気がして、嫌悪に身をふるわせることがあった。

冬の暗い日々が近づいてきた。まったく陽の照らない日もあった。男は具合が悪くなって、自分が壊れてゆくように感じた。すでに崩壊のプロセスが自分のなかではじまってしまったようだった。自分の外も、内も、すべて黄昏《たそが》れていた。ある日、戸口から、彼の入り江で泳いでいる人の黒い頭が見えた。少しの間、彼は気絶して倒れていた。思いがけない人の接近にショックを受けたのだ。恐怖に打ちのめされたのだ。黄昏のなかの恐怖！　衝撃に狼狽《うろた》え、身も心もばらばらになってから、よく見ると、その黒い頭は、泳ぎついたアザラシの頭だった。吐き気とともに安堵の吐息がもれた。だが、ショックの後で、ほとんど意識がなかった。人でなかったというので、座りこんで嬉し涙をこぼしたのは、さらに後のことだった。だが、涙がこぼれ落ちたことさえ、分からなかった。彼はぼうっとしていた。何か奇妙なこの世のものでない動物みたいになって、もはや自分のしていることが分からなかった。

それでも、まだ、独りでいることに唯一の喜びを見出した。まったく一人きりだと、広々とした空間が彼のなかに染みこんできた。灰色の海だけ。そして、波に洗われる彼の島という足がかりのみ。それ以外の接触はなし。近づくと彼を恐怖に陥《おとしい》れる人の気配もなし。ただ、広々とした、湿った薄暗がりの、波に洗われる空間があった！　それが彼の魂の糧だった。

だから、嵐が来たり、波が高くなったりすると、とても喜んだ。だれも彼に近づけないし、何ものも外の世界からこの島に辿り着けないのだから。たしかに、強風の恐るべき破壊力にはとても苦しんだが、それは同時に、外の世界をきれいさっぱり吹き払ってくれた。彼はひどく荒れた破壊的な海がいつも好きだった。そうなれば、船も辿り着けなくなる。荒れた海は、彼の島を守る永遠の防護壁だった。

時間の経過を追うのをやめた。本を開くことも考えなくなった。印刷された文字は、話すことが汚らわしいのとまったく同じに、淫らだった。彼は灯油ストーブに付いていた真鍮のラベルを引き剝がした。小屋のなかのありとあらゆる文字を抹消した。

彼の猫が姿を消した。彼はむしろ喜んだ。そのか細くうざったい鳴き声を聞くと、身ぶるいした。雌猫は石炭小屋に住んでいた。毎朝、彼の食べるオートミールの皿を与えていたが、その皿を洗うのがとても嫌だった。くねくねと歩き回る猫が嫌だった。だが、それでも、几帳面に、餌を与えていた。すると、ある日、猫が餌を食べに来なくなった。いつも「ニャア」と鳴いて餌を求めていたのに。二度と姿を現さなかった。

彼は大きな防水レインコートを着て、雨に打たれながら、自分の島をうろつき回った。何を見ているのか分からなかった。何を見に外に出たのかも分からなかった。時が歩みを止めていた。彼は見通しのいい空間を求めた。白く尖った顔の、熱さと上《うわ》の空《そら》が混在するあの青い目で、容赦なくと言えるくらいにはげしく、暗い空の下の暗い海を見つめていた。遠くのほうの冷たい海に漁船の強くはためく帆が見えると、奇妙な悪意にまみれた怒りの表情が、彼の顔をよぎった。

具合が悪くなることもあった。歩くとよろけて、すぐに転んで、具合の悪さを知った。そして、立ち止まって、何の病気だろうと思った。それから、備蓄のなかから粉ミルクと麦芽を取り出し、食した。それから、また忘れた。もはや、自分の感情を表に出すこともなくなった。

日が長くなりはじめた。冬の間中、天気は比較的穏やかだったが、雨が多かった。雨がとても多かった。男は太陽を忘れてしまった。ところが、不意に、空気がとても冷たくなり、体が震えはじめた。男は恐怖をおぼえた。空が平坦に、灰色になり、夜空に星が一つも見えなくなった。とても寒くなった。鳥が増えはじめた。島は凍るような寒さになった。男は、震える手で、暖炉の火をおこした。この寒さは怖かった。

鈍い死の寒さが、何日もつづいた。時折、雪がぱらぱらと舞った。日が長くなって、灰色の時間が増えた。だが、寒さに変わりはなかった。凍てつく昼の灰色の光。鳥は飛び去った。何羽かは凍死して横たわっていた。すべての命が、身を縮めて北国から退き、南に流れゆくようだった。「じきに、すべてがいなくなる。このあたりで生きているものはいなくなる」と、男は独りごちた。そう考えることのなかに、残酷な満足感があった。

ある晩、少し楽になった。眠りが深くなり、寝ぼけ眼《まなこ》で震えたり、のたうつことがなかった。男は、身震いしたりのたうつことにすっかり慣れてしまったので、ほとんど気に留めなくはなっていた。それでも、その晩は熟睡できた、ということは分かった。

朝、目ざめると、ふしぎな白い世界だった。窓が覆われていた。雪が降ったのだ。起きて、戸を開けると、ぞくっとした。うっ！　なんて寒い！　一面の銀世界だ。その外には暗い鉛色の海が広がり、黒い岩々に奇妙な白い斑点が付いていた。波の泡ももう綺麗ではなく汚れて見えた。海が死体のような陸地の白さに食いこんでいた。雪片が、死んだ大気を落ちて、堆積した。

地面に積もったのは三十センチほどで、白く、やわらかく、なめらかで、風も吹かなかった。男はシャベルを持ちだして、家と小屋のまわりの雪搔きをした。白い朝が暗くなった。遠雷の奇妙にゴロゴロいう音が、凍てついた大気を通って聞こえた。そして、新たに降りはじめた雪の向こうに、稲妻がおぼろに見えた。雪が、動くもののない暗がりを、やむことなく降った。

数分、外に出てみたが、大変だった。転んで、雪のなかに落ちて、顔がひどく痛んだ。力尽きて、這うようにして家に戻った。少し元気を取り戻すと、わざわざ、ホットミルクを作った。

雪はやまなかった。午後になるとまた、くぐもった雷鳴のうなり声が聞こえ、雪の彼方に、稲妻が赤っぽく光った。不安になった彼は、ベッドに潜りこんだ。一点に焦点を合わせて目を見開いたまま、何も見ていなかった。

朝が決して来ないように感じられた。男は横たわったまま、夜が白むのを待ち望んで、永遠の時を耐えた。やっと、大気に薄明かりが差すように見えた。家は白い光に淡く照らされる小部屋となった。雪の壁が窓の外に出来ていることに、彼は気づいた。死ぬほどの寒さのなかを起きて、戸を開けると、動かない雪が胸の高さに達する壁になって、彼を遮った。雪上では、力を失った風がゆっくり吹いていた。粉雪が舞い上がり、葬列みたいに移動してゆくのが見えた。黒っぽい海が、はげしく波立ち、逆巻き、雪にむなしく嚙みつこうとしていた。灰色の空は、底光りがした。

男は必死にあがいて、自分の船のところまで行こうとした。このまま閉じ込められるにしても、それは、自然の機械的猛威に屈服するのではなく、みずからの選択の結果でなければならなかった。海のあるところまで行かなければならなかった。自分の船に辿り着けなければならなかった。

だが、力が弱っていた。時々、雪に打ち負かされた。雪が彼のうえに崩れ落ち、生き埋めになって、気絶した。それでも、必ず、手遅れになる前に、生きて、もがき出て、熱病患者の馬鹿力で、雪の上に倒れこんだ。疲れきっていても、あきらめなかった。這うように家のなかに入ると、コーヒーを沸かし、ベーコンを焼いた。こんなに料理したのは久しぶりだった。それから、また、雪の壁に立ち向かった。何としても、この彼を嘲笑うかのように降り積もった雪という新手《あらて》の白い暴力を征服してやろう。

力を失った忌まわしい風に吹かれながら、雪を掻き、掻いた雪をシャベルで固めた。寒くて、風が吹くと、しばらく陽が出ていても、凍てつくようだった。陽が照ると、生き物のいない銀世界が一望できた。その向こうに、不機嫌そうにうねる黒い海が水平線の彼方までつづいていた。薄汚れた波の泡がそばかすみたいだった。それでも、顔を照らす日光は熱かった。三月になっていた。

船に辿り着いた。雪をどけた船の風下側に腰を下ろして、海を眺めた。海は満潮で、渦巻くようにして彼の足元まで迫ってきた。浜の小石が、様変わりした世界のなかで、ふしぎに自然な印象を与えた。もう、陽は照っていなかった。硬い雪片が空から降ってきて、海の硬い黒さに触れると、奇跡のように溶けた。雪をめがけて走りあがろうとする波が、浜の砂利に当たって、しゃがれ声を響かせた。濡れた岩は容赦なく黒かった。この間中ずっと、数限りない雪片が、悪魔のようにさっと空から舞い降りると、暗い海に触れて、消えていった。

夜のあいだに、大嵐があった。雪の巨塊が途切れることなく全世界を打ちたたく音が聞こえるようだった。風が世界中を、ふしぎに空ろな一斉射撃のように吹き荒れた。風のやむ瞬間があると、思わぬところに稲妻が走り、風音よりも重い雷鳴がどろどろどろと聞こえた。ようやく、夜明けが来て、空がかすかに白みはじめ、嵐も幾分おさまった。だが、風は休みなく吹いていた。雪は、家の戸のてっぺんまで積もっていた。

男は、不機嫌そうに雪を掻いて、外に出ようとした。倦《う》まず弛《たゆ》まず掻きつづけて、何とか外に出た。気がつくと、何メートルも積もった大きな雪の吹きだまりの端にいた。そこを抜けだすと、凍りついた雪の深さは、六十センチ以下になった。だが、彼の島は無くなっていた。変わり果てた姿になっていた。山などなかった所に、大きく白い雪の山が生まれていて、近寄れなかった。山は、火山のように噴煙を上げたが、それは粉雪の噴煙だった。彼は吐きそうになった。彼は打ちのめされた。

彼の船は、別の、もっと小さな吹きだまりに埋もれていた。だが、その雪を掻く力は残っていなかった。なすすべなく船を見つめた。シャベルが彼の手からするりと滑り落ち、彼は雪のなかにくずおれて、すべてを忘れた。雪のなかでも、海鳴りが聞こえた。

なぜか意識が戻った。這って家に戻った。ほとんど感覚がなかった。それでも、石炭の火をおこして、雪のなかで寝ている時に冷たくなった側だけでも、何とか温めた。それから、また、ホットミルクを作った。それから、注意して、火をもっと大きくした。

風がなくなった。また夜になったのだろうか？ しずけさのなかで、終わりなく降りつづける雪の、豹《ひょう》の歩くような音が聞こえる気がした。雷鳴が近づいてきて、ぼうっと赤らんだ稲妻のすぐ後で、ゴロゴロ鳴った。男はベッドに寝たまま、茫然としていた。自然！　自然！　心のなかで、その言葉を繰り返した。自然には勝てない。

それがどのくらいつづいたのか、男には分からなかった。一度だけ、幽霊みたいにふらふら外に出て、見る影もなく変わり果てた彼の島の白くなった丘の頂《いただき》まで登った。日差しが熱かった。「夏だ。葉の出る時期だ」と、彼は独りごちた。呆けたように、見慣れぬものに変貌した自分の島を見渡し、死の海の荒野を見渡した。船の帆がちらりと見えたふりをした。この荒涼とした海には、もう二度と帆がはためくことがないことが、痛いくらいに分かっていたから。

見ていると、なぜか空が暗くなり、冷えてきた。彼方から満たされない雷鳴のつぶやきが聞こえた。それは雪が海を渡ってくることの徴《しるし》だった。向きを変えると、その冷たい息が感じられた。

もの

　二人はニューイングランド〔米国北東部六州から成る地域で、清教主義や超越主義のような独特の精神主義の伝統がある〕出身の、真の理想家だった。だが、それは、少し前の、第一次世界大戦前の話だった。戦争がはじまる数年前に出会って結婚した。新郎はコネティカット州出身の背の高い眼光鋭い青年だった。新婦はマサチューセッツ州出身の小柄でおとなしそうな清教徒風の娘だった。二人には小金があった。大した額ではなく、二人合わせても、年三千ドルに達しなかった。それでも——自由だった。二人は自由だった！

　ああ！——自由！　自分の人生を生きる自由がある！　二十五歳と二十七歳の真の理想家のカップルは、共に美を愛し、「インド思想」——残念ながらベサント夫人の神智学——に関心を持ち、三千ドル弱の年収があった！　でも、お金なんて何だ！　とにかく、充実した美しい人生を送れればいいのだ。もちろん、伝統の本場ヨーロッパに住むのだ。合衆国ででも、例えばニューイングランドで、何とかイケるかもしれない。でも、やはり、「美」がある程度、失われてしまう。真の美しさは成熟に時間が必要だ。バロックの美しさは中途半端だ。成熟の度合いも中途半端だ。やはり、ルネサンスにこそ、ほんものの銀の花、ほんものの黄金の美のかぐわしい花束の根っこがある。その後の浅い時代はダメだ。

というわけで、理想家夫婦は、コネティカット州ニューヘイヴンで式を挙げると、すぐに、パリに発った。古き良きパリに発った。モンパルナス大通り《ブールヴァール》にアトリエ兼アパートを借りて、昔の喜びあふれる――今の下品なパリ市民とは違う――ほんとうのパリジャンになった。モネとその信奉者たちの汚れなき印象主義のきらめきだった。片々の、そして丸ごとの、純粋な光で表現された世界がそこにあった。なんと美しいのだろう！　パリの夜、セーヌ川、古い通りに花屋や本屋の出店がならぶ朝、モンマルトルの丘を登り、チュイルリー公園で過ごす午後、大通りで夜が更けてゆく。なんという美しさ！

二人とも絵を描いた。だが、背水の陣ではなかった。芸術に胸ぐらを摑まれたというのではなかった。芸術の胸ぐらを摑んでいるわけでもなかった。二人は絵を描いた、というだけの話だった。二人には、友人知人がいた――いい友人知人であるのが理想的だけれども、玉《ぎょく》石混淆《せきこんこう》にならざるを得なかった。それで、二人はしあわせだった。

それでも、人は、**何か**に熱中しなければいけないようだ。「自由」でいて「充実した美しい人生」を送るためには、ああ、厄介なことに、何かに熱くならなければならない。「充実した美しい人生」というのは、**何か**に熱く魅きつけられることだ。少なくとも、理想家にとっては、そうだ――そうでないと、ある種の退屈が生まれてしまう。ブドウのくるくるした蔓《つる》は、手がかりがないと、必要な日光を求めて這い上ろうと、必死に伸びたり回転したりして何かに絡みつこうとする。理想家も同様で、熱くなれるものがないと、蔓のほつれた端が空中にぶらぶら揺れているのと同じ破目に陥《おちい》る。ブドウは、絡みつける何かが見つからないと、半分欲求不満のまま、地面を這いひろがるしか手立てがなくなる。自由なんてそんなものだ!――人はみんなブドウの木みたいなもので、人の自由とは正しい棒や竿に絡みつくことだ。とりわけ、理想家はそうだ。理想家はブドウの木である。理想家に必要なのは、何かに摑まって、よじ登ってゆくことだった。そして、理想家は、ブドウになれずに、**ジャガイモ**やカブや木塊にとどまる人間を軽蔑した。

理想家夫婦は、測りしれないほど幸せだった。だが、同時に、いつも、何か、新しい知識や気づきを求めていた。最初は、パリで充分だった。パリの街路の**すみずみ**まで探索した。フランス語を勉強して、フランス人みたいに感じるようになった。フランス語もぺらぺらしゃべれるようになった。

それでも、ご承知のとおり、フランス語は**魂**で話す言葉ではない。それは不可能だ。初めのうちは、頭のいいフランス人とフランス語をしゃべるのはとても刺激的だ——連中はこっちよりずっと賢そうに話すからだ——でも、長くはつづかない。フランス人のかぎりなく賢《さか》しげな**物質主義**に接していると、最後はこっちの心が冷えてきて、「不毛だ。真のニューイングランド精神の深みとは合わないな」と思ってしまう。理想家夫婦もそのように思った。

二人は、フランスから足を洗った——そっと、そっと、波風を立てないように手を切った。フランスには失望させられた。「とてもいい所だった。大いに満喫した。でも、すこし経つと、いや、大分、数年ぐらい経つと、パリにはがっかりしてしまう。こちらの欲しいものは持っていない町だから」

「でも、パリはフランスじゃない」

「たしかに。そうかもしれない。フランスとパリとではずいぶん違う。フランスは美しいよ——とても美しい。でも、フランスは好きだけれども、この国は、**わたしたちには**あまり縁がなかった」

ということで、戦争がはじまると、二人はイタリアに移った。二人はイタリアに夢中になった。美しい所だし、フランスよりも切々とした感じがたまらない。純粋で、共感にあふれていて、フランス人の**物質主義**や**冷笑主義**がない。イタリアのほうが、ニューイングランドの審美眼にずっと近い気がした。理想家夫婦は、イタリアの空気こそが自分たちに真に合っていると感じた。

そして、イタリアでは、パリよりもずっと、ブッダの教えがズシンと心に響いた。現代仏教的感情の奔流に飛びこみ、本を読んだり、瞑想をしたりして、自分の魂のなかから欲望や苦痛や悲哀を慎重に取り除いていこうとしはじめた。だが——苦痛や悲哀から自由になろうとするブッダの熱心さそのものが一種の煩悩であることには思いが至らなかった。二人は、すべての欲望と大半の苦痛と多くの悲哀が取り除かれた完璧な世界をうっとりと夢見た。

だが、合衆国が参戦して、理想家夫婦は、戦時協力を余儀なくされた。二人は病院で働いた。その経験から、今ほど欲望と苦痛と悲哀の除去が必要な時はないことが分かったけれども、にもかかわらず、仏教というか西洋の仏教的神智学〔A・P・シネット『秘教的仏教《エソテリック・ブディズム》』という神智学の有名な著書がある〕は、この長い世界危機が終わると、あまりぱっとしなくなった。なぜか、心のどこかで、二人には、ほとんどの人は欲望や苦痛や悲哀の除去に関心がないしこれからも関心をもたないだろうことが分かった。だから、欲望や苦痛や悲哀は決して取り除かれないだろうと感じていた。理想家夫婦は、自分たちが救いを得られれば残りの世界全部が地獄に落ちても構わないと開き直るにはあまりにも、西洋的過ぎた。菩提樹の下にしっかり座って二人だけで涅槃の境地に達するには、あまりにも利己性が足りなかった。

だが、それ以外にも、まだあった。菩提樹の下にじっと座って涅槃に達するだけの尻の肉の厚さ《ジッツフライシュ》がなかったのである。座っている間ずっと何かを見つめていなければならないのにも抵抗があって、さらに、その見つめる対象が自分のへそとなると、これはもう論外だった。

それで、この広い世界全体が救われないのであれば、彼ら二人だけで救われることにもあまり熱心になれなかった。ああ、そんなのは、寂し過ぎる。二人はアメリカはニューイングランドの人間だったので、「全てか、さもなければ、無」という心性だった。欲望と苦痛と悲哀が**全世界**から取り除けないのであれば、自分だけがそれを捨てても益がない。何の役にも立たない！　ただ、おのれが犠牲者になるだけだ。

ということで、今でも「インド思想」には深い**愛着**を感じていたが、そう、さっきのブドウの木の比喩に戻ると、葉を繁らせたブドウの蔓が一生懸命、竿に絡みついて登ってゆくと、その竿が腐っていたのが分かった。結局、その竿は折れてしまって、ブドウの蔓はゆっくりとまた地面に降りていった、という感じだった。そこには、バキッとかドシンとかいうドラマはなかった。ブドウの木は、しばらくの間、葉っぱだけでがんばって立っていた。だが、徐々に、沈んでいった。「インド思想」という豆の木の茎は、ジャックとジル〔ここでのジャックは「ジャックと豆の木」のジャックであると同時に、イギリスの童謡に出てくるジャックとジルに繋がっている〕が先っぽまで登りつめて、さらに遠くの世界に駆け出してゆく前に、折れてしまった。

ゆっくり、ささっ、ささっと、軽い音を立てながら、二人は地面に降りた。だが、愁嘆の叫び声を上げはしなかった。また、二人は「がっくりきた」わけだが、それを決して認めなかった。「インド思想」に裏切られたのに、決して愚痴を言わなかった。互いに対してさえ、口をつぐんでいた。それでも、二人は失望した。かすかに、しかし、ざっくり深く幻滅して、二人ともそれに気づいてもいた。だが、口に出すことはなかった。

それでも、二人の人生には、たくさんのものが残っていた。まだ、イタリアが、あの愛するイタリアがあった。それから、自由というかけがえのない宝物があった。それから、まだ、「美」がいっぱい残っていた。人生の充実度に関して言えば、二人の自信にすこし陰りが見えた。一人息子が生まれて、親らしい愛情は注いだものの、子どもにしがみついて、そこに自分たちの人生を賭けてしまう愚は、賢明にも避けた。それはちがう！　親は親の人生を生きよう！　そのことを忘れない知力はまだあった。

だが、もはや、そう若くはなかった。二十五と二十七で結婚して、気がつくと三十五と三十七になっていた。ヨーロッパで暮らすのはとても楽しかったし、今でもイタリアは大好き！　だったが、それでも二人は「がっくりきて」いた。ヨーロッパの生活からは、とても多くのことを得た。ああ、ほんとうに、たくさんのことを学んだ！　だが、それでも、充分ではなかった。彼らの期待にすっかり応えてはくれなかった。ヨーロッパは美しかった。だが、死んでいた。ヨーロッパに住むことは、過去に生きることだった。それに、ヨーロッパの人は、表面は魅力いっぱいだったけれども、**実は**魅力的ではなかった。彼らは物質主義的で、**真の魂**を持たなかった。霊的・内的衝動が死んでいるので、そういうものを理解できなかった。彼らは皆、生き残りだった。それがヨーロッパ人の真実だった。彼らは生き残りに過ぎないので、これ以上前に進もうとしなかった。

また一つ、ブドウの支柱たるべき豆の木の茎が、ブドウの緑の葉の重みで、くずおれた。二人にとって、これは辛かった。ヨーロッパという古い木の幹を、十年以上、黙々と登ってきたのだ。その十数年間は、二人の人生のかけがえのない壮年期だったのだ。ブドウの木が天国のブドウ園で生きるみたいにして、理想家の二人はヨーロッパの文化と生活と風物を糧として、ヨーロッパで**生きて**きたのだ。

ヨーロッパに居を構え、合衆国では決してできないような家庭を築いてきた。キーワードは「美」だった。ここ四年間は、フィレンツェはアルノ川に面した古い「宮殿」の三階を借りて、そこに彼らの「もの」すべてを置いた。この住まいは、彼らに深い、深い満足を与えてくれた。天井の高い古くて静かな部屋の、川に面して窓がならび、光沢のある暗赤色の床に、理想家の二人が見つけた美しい「掘り出しもの」の家具が置かれていた。

そう、自分でも気づかないうちに、理想家たちの人生はずっと、「もの」の面でも、速く激しく動いてきた。二人は、家に置く「もの」の獰猛かつ神経質な狩人になっていた。彼らのりっぱな**魂**が古いヨーロッパ文化や古代インド思想といった頭上のお日様に向かって這いのぼってゆく一方で、彼らの情熱は横方向にも伸びて、「もの」に摑みかかっていた。もちろん、二人は、「もの」が欲しくて「もの」を買ったのではなく、「美」のためにそうした訳だった。自分たちは、「もの」にではなく、純然と美しさに支えられた家にしようとしてきた。妻のヴァレリーは、アルノ川を見下ろす細長い居間の窓にとても美しいカーテンを掛けた。細かく編まれた絹のような昔の珍しい素材が、元来の朱と橙と金と黒の色から見事に色あせて、真にやわらかい光を放つようになっていた。ヴァレリーは居間に入ると、ほとんどいつも、心のなかでそのカーテンの前に跪いた――「シャルトル大聖堂〔北フランスにある代表的なゴチック建築の大聖堂〕」。このカーテンはわたしのシャルトル大聖堂」と彼女は言った。夫は、数十冊の厳選された本を収めた彼の十六世紀ヴェネツィアの書棚のほうを向いてそれを見る時、骨のなかの髄がゆさぶられる思いがした。これこそが至聖の場所《ザ・ホーリー・オブ・ホーリーズ》！

一人息子は、何も言わず、これらの文化遺産との乱暴な接触を、不吉なくらい避けた。彼にとって、ここは方々《ほうぼう》にコブラが寝ていたり、あの決して触れてはいけない「もの」たる聖《せい》櫃《ひつ》〔モーゼの十戒を収めた神との契約の箱のこと〕が置かれていたりする危険地帯らしかった。子どもの子どもっぽい畏怖の念は、無言で、冷たく、決定的だった。

それでも、ニューイングランドの理想家夫婦は——少なくともこの物語の主人公たちは——自分たちの家具の過去の栄光だけを糧として生きることができなかった。彼らは、魔法のようにすばらしいボローニャの食器棚に慣れた。あの驚くべきヴェネツィアの本棚にも慣れた。シエナのカーテンや銅像にも慣れたし、パリで見つけた美しいソファやチェアやサイドテーブルといった「掘り出しもの」にも、慣れてしまった。ああ、二人は、ヨーロッパに上陸したその日から、「掘り出しもの」を探してきた。今でも、それを続けていた。それはヨーロッパがよそ者に、いやよそ者以外にも、差し出すことのできる最後の興味深いものだった。

二人の家を訪ねた客が、このインテリアに興奮するのを見て、ヴァレリーとエラズムス・

メルヴィル夫妻は、生きてきた甲斐があったし、今も生きているのだと実感した。だが、長い午前にエラズムスがルネサンス期フィレンツェの文献をだらだらと読み解き、ヴァレリーが住まいの手入れをしていると、家具のまわりの後光が消えた。昼食後の長い午後も、後光は消えていた。大抵冷えこみの厳しい古い「宮殿」の鬱陶しい長い宵にも、同じ状態になった。「もの」は「もの」に戻った。物質の塊に帰って、そこに永遠に立ちつくし、あるいは壁に掛けられたまま、何も言わなくなった。ヴァレリーとエラズムスのなかに、憎しみに似た気持がおこった。栄養を与えつづけないと、美のかがやきは、他のかがやき同様、消え失せてしまう。理想家夫婦は、自分たちの「もの」を、今でも心底愛していた。だが、それは彼らの持ち物になっていた。残念ながら、手に入れようとしている時はきらきらかがやいていても、自分のものにして一、二年経つと、ほとんど冷えきってしまうのが世の常だ。もちろん、他人に大いに羨ましがられたり、美術館がぜひうちで展示させてくださいと言ってくると、また、かがやきが戻ってくる。だが、メルヴィル家の「もの」は、とてもいい「もの」だったけれども、そこまでいい「もの」ではなかった。

というわけで、かがやきが徐々に、すべてのものから失せていった。ヨーロッパからも、愛すべきイタリア人からも、アルノ川に面したこのすばらしい住まいからさえ、失せた。

「ああ、ここに住めたら、もう、決して、二度と、外出したくなくなる！　美しすぎる。完璧すぎる」と言っていたのに。――もちろん、そういう発言自体、なかなかのものだったけれども。

そう言ったのに、ヴァレリーとエラズムスは外に出た。いや、この住まいの古さや床の冷たさや重苦しい沈黙や死んだ威厳から逃げようと、外に出た。「わたしたちは、過去を糧にして生きているのね、ディック」と、ヴァレリーが夫に言ったけど。妻は夫をディックと呼んだ。

二人は歯を食いしばって踏みとどまった。投げ出すのは嫌だった。終わったことを認めたくなかった。十二年間、「自由人」として「充実した美しい」生活を送ってきたのだ。そして、十二年間、アメリカを産業物質主義の腐敗の巣窟として忌み嫌ってきたのだ。「もう終わった」と認めるのは容易《たやす》いことではなかった。合衆国に戻りたいとは決して言いたくなかった。それでも、最後は、「息子のため」という口実で、渋々、戻ることにした。――「ヨーロッパを去るのは**耐えがたい**ことだけれども、息子のピーターはアメリカ人だから、彼が若いうちにアメリカを見せておいたほうがいい」――メルヴィル家の人間は「すっかり」イギリス英語とイギリス風マナーを身につけていて、まあ、「すっかり」というより

「ほとんど」だけれども、とにかく、それに加えて、話のところどころにイタリア語とフランス語をちりばめることができた。

彼らは、ヨーロッパを後にした。だが、持っていけるものはできるだけ持っていった。実のところ、バン数台分の荷物があった。愛すべきかけがえのない「もの」たちすべてだった。そして、全員が、ニューヨークに着いた。理想家夫婦と、その子どもと、引きずるように持ってきた大量のヨーロッパがニューヨークに着いた。

ヴァレリーは、できることならリバーサイド通りあたりの快適なマンションに住むことを夢見ていた。あそこなら五番街東ほど物価が高くないし、二人のすばらしい「もの」たちも見栄えがするだろう。夫婦は家探しをはじめた。ああ、ところが！　二人の年収は三千ドルをかなり下回るようになってしまっていた。それで、分かったのは――だれもが分かることだけれども――小さな部屋二つに小さな台所が付いて、「もの」の一つとして荷を解くことなど論外のアパートしか借りられないということだった。

二人で齧《かじ》り取ってきたヨーロッパ文化の塊は、倉庫で預かってもらうことにした。月五十ドルかかった。それで、二人は、小台所付きの二つの小さな部屋に座って、どうしてこんなことをしてしまったのだろうと思った。

もちろん、エラズムスは、働かなくてはならなかった。それが壁に書かれた恐怖の予言みたいなものだったが、二人とも目に入らないふりをしていた。だが、自由の女神は、「なんじ、仕事を持つべし」という漠とした奇妙な脅しをかけてきた。エラズムスには、いわば、「資格」があった。学者としてのキャリアを積みたいのであれば、まだ間に合った。彼はイェール大学を優秀な成績で卒業して、その後ヨーロッパ滞在中もずっと「研究」をつづけてきたから。

彼も彼の妻もわなわなと震えた。学者人生！　学者世界！　**アメリカ合衆国**の学者世界！——ぞっとして、震えが止まらない！　この自由を、この充実した美しい人生を投げ出せというわけ？　とんでもない話！　ありえない話だ！　エラズムスは次の誕生日で四十歳になるのに。

「もの」たちは倉庫に預けられたままだった。ヴァレリーがそれを見に行った。一時間あたり一ドル払って、その上、胸がはげしく痛んだ。かわいそうな「もの」たちは、倉庫のなかで、ちょっとみすぼらしく、みじめそうに見えた。

けれども、ニューヨークがアメリカのすべてではない。けがれなき大西部がある。そこで、夫妻は息子のピーターを連れ、「もの」は後に残して、西部に行った。山のなかで「シンプルライフ」を試してみた。だが、家事自体がほとんど悪夢になった。「もの」というのは見ている分にはとてもいいものだが、それを扱うとなると、たとえ美しい「もの」でも、とても厄介だ。レンジの火を絶やさないようにして、食事を温め、皿を洗って、水を汲んできて、床を掃除する。ぞっとするような仕事の連続の奴隷になる。生きることとは正反対のそのむさくるしさがつくづく嫌になった。

山小屋で、ヴァレリーは、フィレンツェと、そこの引きはらってしまった住まいと、ボローニャの食器棚と、ルイ十五世朝風椅子と、そしてとりわけ、ニューヨークの倉庫に預けてあるお気に入りの「シャルトル大聖堂」カーテンを夢見た。倉庫保管料に、毎月五十ドル取られた。

百万長者の友人が援助してくれて、カリフォルニア沿岸のコテージが使えることになった。カリフォルニアか！　カリフォルニアに行くと、魂が生まれ変わると言う。理想家夫婦は喜びいさんで、ブドウの蔓が新たな希望の茎に摑みかかるみたいに、喜びいさんでカリフォルニアに赴《おもむ》いた。

で、分かったのは、その茎は藁くずに過ぎなかったということだった。――百万長者のコテージの設備は完璧だった。省力化という点では、能うかぎり完璧だったと言えるだろう。

電気を使った暖房と調理、白と真珠色の琺瑯《ほうろう》を焼き付けたキッチン。ゴミを出すのは人間だけだった。一時間かそこいらで、理想家夫婦は家事を片付け、「自由」になった。でっかい太平洋が西海岸に打ち寄せる波音を聞いて、体に新しい魂がみなぎるのを感じる自由を得た。

ところが！　太平洋の打ち寄せる波音はひどく暴力的だった。大自然の暴力そのものだった！　新しい魂は、甘美にそっと体のなかに入ってくるというのではなくて、古い魂をがりがり齧って卑劣な手段で追い出してしまうみたいだった。最も盲目的に破壊する原初の暴力の影響下に入ったみたいだった。大切にしていた理想家の魂ががりがり齧られ、失われた。その跡には、ひりひりと炎症だけが残った。ふむ、これでは、あまり満たされはしない。

約九カ月住んでから、カリフォルニア的西部とおさらばした。すばらしい経験だった。カリフォルニアには住んで良かった。けれども、長期的に見ると、西部は彼らに合ってなかった。彼ら自身もそれに気づいていた。新しい魂を欲する人は、それを手に入れればいいと思う。だが、ヴァレリーとエラズムス・メルヴィル夫妻は、すでにある古い魂をもう少し育てたいと思った。とにかく、二人は、カリフォルニアの海岸で、新しい魂の流入を感じることはなかった。いや、むしろ、逆だった。

こうして、二人は、資産額を若干減らした状態で、マサチューセッツ州に戻り、息子連れで、ヴァレリーの両親宅を訪問した。両親は、かわいそうな外国育ちの孫を歓待し、娘のヴァレリーには少し冷たかった。婿のエラズムスには、とても冷たかった。母は娘のヴァレリーに、「きちんとした生活をするためにエラズムスが働かなくてはいけない」とはっきり言った。ヴァレリーは母に毅然として、アルノ川岸の美しい住まいやニューヨークに保管中の「素晴らしい」ものやヨーロッパでの「夢のような充実した生活」について語った。母はヴァレリーに、「今のお前の生活は夢のように充実しては見えないよ」と返した。持ち家はなく、夫は四十にもなってぶらぶらし、子どもはこれから学校にやらなくてはいけない、資産はどんどん減ってゆく。**母**の目には、「夢のよう」の正反対に映った。「エラズムスをどこかの大学で教えさせればいいじゃないの」——

「何を？　どこで？」と、ヴァレリーが口をはさんだ。

「お父さんの人脈とエラズムスの学歴と研究歴があれば、大丈夫でしょ」と、母が返した。「そうすれば、あなただって、そのあなたが言う貴重な品々を倉庫から出してくれれば、だれが訪れても驚嘆するような本当に美しい家が作れるでしょ。今のままじゃ、その家具はあなたたちの収入を食いつぶすだけよ。それで、どこにも行き場所がなくて、穴のなかのネズミみたいな生活してるじゃないの」

たしかに、その通りだった。ヴァレリーは、自分の「もの」を置ける家に住みたいと、切に思いはじめた。もちろん、それらを売れば、かなりの値段は付くだろう。だが、それは、どうしても嫌だった。宗教だって、文化だって、大陸だって、希望だって、移ろってゆくのは仕方ないことかもしれないけれども、エラズムスと二人であんなに夢中になって集めたこれらの「もの」だけは、**決して**手放したくなかった。彼女は「もの」に釘付けだった。

それでも、二人は、自由も、手放したくなかった。あの充実した美しい生活の意味を心底信じて生きてきたのだ。エラズムスはアメリカ合衆国を呪った。彼は働いて日々の糧を稼ぎたくなかった。彼はヨーロッパに焦《こ》がれた。

息子をヴァレリーの両親の元に残して、理想家夫婦はもう一度、ヨーロッパに渡った。ニューヨークでは、二ドル払って、はかなく過ぎる一時間だけ、自分たちの「もの」を見て、胸を痛めた。それから、「学生席」つまり「三等席」で、船に乗った。二人の年収が二千ドルを切っていたのだ。三千ドルは遠い昔のことだった。そして、まっすぐ、パリに向かった

——物価の安いパリに。

今度のヨーロッパは、完全に失敗だった。「犬が自分のゲロの匂いを嗅ぎに戻ったみたいだった」とエラズムスは言った。「しかも、いない間に、ゲロが腐っていた」彼はヨーロッ

パに我慢できなかった。体の神経の一本一本に障った。アメリカも大嫌いだったが、少なくとも、この自分の糞を食らうような情けない場所よりはずっと増しだった。それに、ヨーロッパで暮らすのは、もはや安上がりではなかった。

ヴァレリーは、自分の「もの」を倉庫から出したくて、居ても立ってもいられなくなっていた。「もの」が倉庫に入ってもう三年になり、二千ドルの収入に穴が開きつづけている。そこで、彼女の母に手紙を書いた——「夫は、アメリカで何かふさわしい仕事が見つかるようなら、そちらに戻ると思います」エラズムスは、憤怒か狂乱と見まがうほどの挫折感に襲われて、イタリア周遊貧乏旅行を敢行した。ジャケットの袖口がぼろぼろだった。見るものすべてをはげしく憎んだ。クリーヴランド大学でフランスとイタリアとスペインの文学を教える職が見つかると、追いつめられた怒りに、彼の目はさらに小さく丸くなり、その馬面の奇妙な顔がさらに尖って、ドブネズミみたいになった。四十にして、労働を余儀なくされる。

「この仕事は、引き受けてもらわなくちゃね、あなた。もうヨーロッパはお嫌でしょう。あなたの言うように、ヨーロッパは死んで終わってますから。クリーヴランドでは、大学の敷地内の家に住めて、母の言葉では、わたしたちの「もの」が全部入るスペースがあるそうよ。だから、「有難くお引き受けします」って電報打ってもらわなくちゃね」彼は、追いつめられたドブネズミみたいに妻を睨みつけた。彼の尖った鼻の横にネズミのヒゲがぴくぴく震えているのが見えそうだった。

「電報、打っときましょうか」と、妻が訊いた。

「打っとけ！」と、夫は思わず叫んだ。

それで、妻は、外に出て、電報を打った。

彼は別人になった。おとなしくなり、苛々することがぐっと減った。重荷を下ろした。そして、檻のなかに入った。

クリーヴランドの馬鹿でかい、世界で一番でかい黒い森みたいな溶鉱炉で、巨大なもの凄い音を立てながら、金属が赤と白熱の滝となって噴き出してきて、そのまわりでちっちゃい小人みたいな人間がうろちょろしているのを見て、夫は妻に言った。

「ねえ、ヴァレリー、何やかや言って、これが現代世界最大の見ものだね」

それで、クリーヴランド大学の敷地の最新設備の小さな家に入居した。ボローニャの食器棚、ヴェネツィアの本棚、ラヴェンナの司教椅子、ルイ十五世朝サイドテーブル、「シャルトル大聖堂」カーテン、シエナの青銅製ランプといった哀しいヨーロッパ文化の残骸が、ずらりと陳列された。すべて、この家には全くそぐわなかったので、かえって、とても目立った。理想家夫婦はお客さんをたくさん招きいれた。みんなが口をあんぐり開けていると、エラズムスはいかにも上品なヨーロッパ風作法を見せびらかしながら、それでもフレンドリーなアメリカ人みたいにふるまった。ヴァレリーもまるで上流婦人だったが、それでも、「アメリカのほうがいいわね」と言った。すると、エラズムスが、その妻を見ながら、ドブネズミみたいな奇妙で抜け目ない眼を光らせて、こう言った。

「ヨーロッパはマヨネーズ。美味しいけどマヨネーズ。でも、いいロブスターが獲れるのはアメリカだ――ね、そうだろう?」

「そのとおりよ!」と、妻が嬉しそうに答えた。

夫は妻をじっと見た。檻に入れられてしまった。でも、檻の中は安全だ。妻も、どうやら、やっと本当の自分を見つけたらしい。「もの」が手元に戻ったのだ。――だが、彼の鼻のまわりには、変に邪《よこしま》で学者っぽい純粋懐疑主義のしわが出来ていた。それでも、彼が好んだのはロブスターだった。

バヴァリア竜胆《りんどう》

だれの家にも竜胆があるわけではない。
このやわらかな九月、このゆったり、さびしいミクルマスに。

バヴァリア竜胆は大きく暗い、果てなく暗く、
昼さえ暗くする、冥界の闇けぶる青の松明《たいまつ》。
血管のような脈が走り、闇が炎と燃える松明。青に広がり、
半ばに折られ、平らに開き、尖る先へ。白日に平伏されながら、
青くけぶる闇の松明ノ花。冥界の王の暗い青のおどろき。
地下の広間の黒いランプが暗く青く燃えて、
大地の女神のランプが色あせた光を放つように、青い闇を放つ。
おれを導いてくれ、道を示してくれ。

手を伸ばして、おれに竜胆を取ってくれ。松明を呉れ！
青い先の割れたこの花ノ松明をたよりに、
冥く冥くなってゆく階段を降りてゆく。青に冥い青が重なり、
今、まさに、冥界の妃ペルセフォネがこの霜の降りた九月から
闇に闇が重なる不視の領域へと赴くところ。
そこでは、闇が目を覚ましている。
そこでは、ペルセフォネさえ声に過ぎず、
不可視の闇に過ぎず、冥界の王のより深い闇の腕に抱かれている。
ねっとり絡まる暗闇の灼熱に貫かれている。
見えなくなった花嫁と花婿に闇を浴びせる、
黒い松明のかがやきのなかで。

死の舟

一

秋になった。落ちる果実。
そして、忘却への長い旅。

林檎は大きな露のしずくのように落ちると、
みずからを傷つけて、みずからの外に退去する。

時が来た。さよならを言う時が。
自分に向かって、別れを告げる。
落ちた自分の外に退去する。

二

きみは死の舟を作ったか？　ああ、作り終えたか？

さあ、死の舟を作りたまえ。それを必要とする時が来る。

怖い顔の霜がもうすぐやって来る。すると、林檎は、
硬くなった地面に轟音を立てて落ち、累々と横たわる。

死が、灰の匂いのように、空中にただよっている。
ああ！　きみはその匂いが分からないのか？

そして、傷ついた体のなかの怯えた魂は、
傷穴から吹きつける寒風にすくんで、
身をちぢませている。

三

裸の短剣で、人生から
自分を解放できるのか？

剣で、短剣で、銃弾で、何かを
傷つけ、壊して、人生に別れを告げることはできる。
だが、それは解放か？　教えてくれ、それは解放か？
いや、決して！　いったい、どうして、人を殺すことが、たとえ、自殺であっても、
自分の解放になるだろう？

四

さあ、わたしたちのあのしずけさを、
わたしたちの手にとどくしずまる強い心の
あのふかく美しいしずけさを語ろう。

どうすれば、このみずからの解放を果たせるのか？

五

さあ、死の舟を作りたまえ。果てなく長い、
忘却にむかう旅が、きみを待っている。

きみは死を死ぬことになる。古い自分と
新しい自分のあいだに横たわる長く苦しい死。

もう、体は落ちている、傷ついている、ひどく傷ついている。
もう、このむごい傷口から、魂が、
にじむように、脱出を始めている。

もう、終末の果てない冥い大海が打ち寄せていて、
傷の裂け目から、わたしたちのなかに入ろうとしている。
もう、洪水がわたしたちの目の前にある。

さあ、死の舟を、小さな箱舟を作りたまえ。
食べ物を、小さな菓子と葡萄酒を、そなえたまえ。
忘却を通る夜の飛翔のために。

六

からだが少しずつ死んでゆく。冥い海が
押し寄せてくる。怖けた魂の足元が洗い流されてゆく。

死んでゆく。わたしたちは死んでゆく。すべての人が死んでいって、
わたしたちのなかで高まる死の洪水は、押しとどめようがない。
もうすぐ、それは世界を、外側の世界も覆いつくすだろう。

死んでゆく。わたしたちは死んでゆく。からだが少しずつ死んでいって、
力が抜けてゆく。
洪水の水面《みなも》に落ちる冥い雨に打たれて、はだかの魂がうずくまる。

生命の樹に残った最後の枝々のなかで、うずくまっている。

七

死んでゆく。わたしたちは死んでゆく。せめて、今、できるのは、
すすんで死に向かうこと、死の舟を作って、魂を
果てなく長い旅に旅立たせること。

小さな舟に、櫂と、食糧と、
小さな皿と、旅立つ魂にふさわしい
手に入るすべての物を積みいれて。

さあ、漕ぎ出そう。からだが死んでゆき、
命が立ち去りつつあるこの今こそ、漕ぎ出そう。はかない魂が、
はかない勇気の舟に乗って、信じることの箱舟に乗って、
食糧と小さな平鍋と

着換えを携えて、
洪水の黒い荒野に
終末の海に
死の海原に漕ぎ出してゆく。わたしたちはずっと、
闇のなかを行く。向かう方向は分からない。立ち寄る港はない。

立ち寄る港はない。向かうべき場所はない。
ただ、深まる闇がさらに深まってゆき、
逆巻く水音も立てない、無音の洪水の水面に浮かんで、闇が深くなる。
闇と闇がひとつに抱きあい、闇に頭上と足元が覆われ、
四囲も真っ暗闇で、方向感が失われ。

小舟はそこにあって、そこにない。
小舟が見えない。光がなくて、小舟が見えない。
失われた！　失われた！　だが、それでも、

どこかにいる。
どこでもないところに！

八

すべてが失われた、からだが失われた、
すっかり呑みこまれた、いなくなった、何も無い。
頭上の闇も、足元の闇も、ともに重く、
そのふたつの闇の間で、小舟が
消えた。
小舟が消えた。

これが終末、これが忘却。

九

だが、永遠のなかから、一本の糸が、闇の上に、みずからを解き放つようにあらわれる。
一本の糸の水平線、
かすかに、白くけぶっている。

あれは幻影か？　いや、白い煙のようなものが
もう少し高く上がったか？
ああ、待てよ、待て。夜明けだ。
忘却の彼方から、生に立ち戻る、
残酷な夜明けだ。

待てよ、待て。あの小舟が、
ただよっている。洪水の夜明けの、
死の、灰のような灰色の光の下で。

待てよ、待て。そう、黄色い曙光だ、

ふしぎなことだ、冷えきって青ざめた魂よ、薔薇色の曙光だ。
薔薇色の光があらわれ、すべてがまた始まる。

十

洪水が引いてゆく。からだは、傷ついた貝殻のように、
そのふしぎな、美しい姿をあらわす。
小舟は、桃色の洪水の上で、
立ち止まったり、流れたりしながら、
家路につく。
そして、はかない魂が降りてきて、また自分の家に入る。
安らぎが満ちあふれた。

あの忘却の思いがけない安らぎに
生まれ変わった心がゆらゆらと揺れる。

さあ、自分の死の舟を作りたまえ、ああ、作りたまえ！
それを必要とする時が来る。
忘却の旅がきみを待っているのだ。

訳者解説

武藤浩史

『チャタレー夫人の恋人』で知られるイギリスの作家D・H・ロレンス（一八八五―一九三〇）の作品から、非写実主義的側面を持つ七つの短篇と二つの詩を選んで訳し、ここに「幻視譚集」とした。『チャタレー』に代表される性の思想家という通念をひとまず脇に置いて、幻視的作家ロレンスのさまざまな知られざる名品の多彩な魅力を味わっていただきたいと思う。

ある時は、温かな共感にあふれ、ある時は、辛辣《しんらつ》な風刺をまき散らす。絶望があり、その絶望にもかかわらず、夢があり、その夢には、苦さと儚《はかな》さと美しさがある。そして、不意に、比類ない瞬間がおとずれる。ロレンス独特の脈動する文章を通して、存在の深淵が幻視される。それが、彼の作品を読む体験の中心にある。

小説『すばらしい新世界』の作者オールダス・ハクスリー（一八九四―一九六三）は、晩年のロレンスと親交があり、最初の優れたロレンス書簡集を編んだ。この書簡集の序文として彼が書いたロレンス論は、芸術家としてのロレンスをバランスよくまとめながら、彼の人となりも活写して余すところがない。

ロレンスは他の人間と、種がちがう、質がちがう、とハクスリーは言う。他の人間と異なり、ロレンスは「存在の未知の領域」に対するけた外れの感性をもっていた、と言う。この世界に対する尋常ならざる感受性があり、それを通して感得した存在の聖性、世界の神秘を、天才的な文学言語に置き換えた、と言う。

個人的な体験としても、ロレンスと田園を歩くこと、それはすばらしい「一種の冒険、発見の旅」だった、とハクスリーは振りかえる。ロレンスは、木であること、花として咲くこと、動物であること、砕け散る波であること、夜空に浮かぶ月であることがどんな感じなのか、身を以て知っているようだった、と言う。たしかに、描写対象と合体して、それを内側から表現していることがまざまざと感じられる瞬間が、ロレンスの作品の中にはちりばめられている。

すべてをより鋭敏に、より繊細に感じるその稀有な感性は、彼の言語が写実主義の枠内に留まることを許さなかった。常人よりも多くを見、聞き、感じた結果、彼の五感は実存への幻視の領域に入ってゆく。それを描く彼の言葉は、進化論に沸く生物学を中心とする同時代の科学言説や、時には神秘主義の影響を受けながら、信仰篤かった母から受け継いだ宗教性と動物的活気にあふれた父から貰った生命力のかがやきを帯びて、唯一無二の瞬間を刻んでゆく。その核にあると感じられるのは、宗教的静寂と生命的な脈動。ロレンスは、感覚を極限まで突きつめた結果として、深い幻《ヴィジョン》を見る人だった。晩年の詩に、「神秘家」という作品があり、ロレンス自身の言葉でも、その鋭敏な感性ゆえの祝福と呪いが語られている。

神秘家

感覚の経験にきちんと向きあうと、人は必ずそれを神秘と呼ぶ。
だから、林檎のなかに、夏の季節と、
冬の季節と、大地のはげしいうねりと、
太陽の頑なさを味わうと、それは神秘の林檎となる。

美味しい林檎には、そのすべての味がたしかにある。
濡れて酸っぱい水の味の際立つ林檎もあれば、
太陽の光を浴びすぎた潟湖《せきこ》の水のような
甘辛い味のものもある。

林檎のなかにそういう味があると言うわたしを、人は神秘家と呼ぶ。嘘つきという意味だ。
たった一つの正しい林檎の食べ方は、豚のようにガツガツむさぼって、
なにも味わわないことらしい。
人はそれをリアルと呼ぶ。

けれどもわたしはすべての感覚を開いたままで林檎を食べたい。
豚のように呑みこむのは死体がものを食べるのと変わりがない。

この詩からも、ロレンスにとっての「**リアル**」は普通の人の「**リアル**」と異なり、「神秘」の領域に足を踏み入れていることがよく分かるだろう。彼は独自のヴィジョンを描いて今なお人気の高い十八世紀のイギリス詩人ウィリアム・ブレイクと比較されることが多いが、より分かりやすい例を挙げれば、ランボー、ゴッホ、ムンクといった幻視的芸術家の仲間であると言うことができる。

本書に収録した短篇は、ちくま文庫（二〇一〇年刊）、新潮文庫（二〇〇〇年刊）、岩波文庫（一九八六年刊）の各ロレンス短篇集に収められた作品とできる限り重複させず、ロレンスの短篇になじみのある読者にとっても新鮮な作品を選んだ。結果として、新潮文庫所収の掌篇「微笑み」以外はまったく重なっていない。魅力的な未完の短篇も二つ選び、かなりの読み手も未読の作品をいくつか含むことになったのではないかと思う。

作品の質についても、妥協していない。「菊の香り」「イングランド、わたしのイングランド」「木馬に乗った少年」といった有名作に劣らない、知られざる名品を集めたと自負している。むしろ、ロレンス文学の娯楽性も考えあわせて作品を選ぶことで、はじめての読者にも親しみやすい選集を目ざした。たとえば、「トビウオ」に出てくる、酒を取り合い、船酔いに息もたえだえとなる大西洋航路の船客のユーモラスな描写は、ロレンス文学の知られざる魅力の一つである。また、ものを買うことでものに支配されてゆく「もの」の主人公たちの追い詰められてゆく様子には、買い物の好きな読者は苦い笑いを禁じ得ないだろう。

そして、幻視譚集ということで、写実一辺倒の作品は除いた。その結果、一九二五年以降に書かれたロレンスの後期作品が集まった。彼の幻視的要素はその初期作品からあるものの、出世作『息子と恋人』(一九一三年)あたりまでの作品の大半は、写実性が強い。その次の長篇となる『虹』(一九一五年)が大戦中の官能描写や軍国主義批判ゆえに発禁となって、作家としての生活が立ちゆかなくなり、敵国となったドイツの女性フリーダと結婚したことからスパイ容疑を受けるなど戦時社会の迫害も受けて、作品にも生き方にも、良くも悪くも、やけっぱちな感じが強くなった。写実性が薄れ、ある時はより風刺的に、また、ある時はより幻想的になった。とりわけ、一九二五年の結核診断以降の作品では、怒りや絶望が強く表現される反面、死を前にした「末期の目」的な美しい晩年の静けさの境地を伝えることも多くなった。だから、本書は、幻想、風刺、寓話などさまざまなモードで自由に書かれたロレンスの後期作品に現れる幻視的瞬間とのさまざまな出会いを楽しむアンソロジーと言うことができる。

最後に、ロレンス的幻視の真骨頂とも言える晩年の詩二篇「バヴァリア竜胆《りんどう》」と「死の舟」を収録した。

以下、個々の作品を解説してゆこう。

「人生の夢」('A Dream of Life' 一九二七年十月執筆、未完)は、作者の帰郷を語るエッセイのように始まりながら、作品途中で、突如、ユートピア物語に変貌する奔放な語り口の未完の短篇である。後半の儚い夢のような美しさにかがやく未来の共同体の描写は忘れがたい印象を残す。ノートブックに書かれた自筆原稿を見ると、さらに十七枚分の紙に物語が書きつづけられた形跡があるのだが、その部分はちぎりとられて、ほとんど失われてしまった。

ロレンスは、イングランド中部地方の炭鉱町イーストウッドに、坑夫の息子として生まれた。産業革命を支え、危険だが高収入も見込めたイギリスの炭鉱業だが、二十世紀になると米独両国に追い上げられて苦境に陥り、労働条件も悪化した。その流れの中で、イギリスでは一九二六年五月に炭坑夫支援のための巨大なゼネストが起き、階級対立が激化した。ゼネスト自体は短命に終わったものの、坑夫のストはつづいた。二六年九月に故郷近くのリプリーに住む妹を訪れイングランド中部に戻ったロレンスは、そこで勝ち目のないストの惨状を目の当たりにして、衝撃を受けた。この体験が、一方では、階級横断的異性愛を描く『チャタレー夫人の恋人』執筆に繋がり、もう一方で、この「人生の夢」という、切なく美しい短篇を生んだ。

　異性愛とカップル性を前面に打ち出す『チャタレー』第二稿と最終稿執筆の合間に書かれながら、「人生の夢」は主として男同士のホモエロティックな絆に支えられた夢の共同体を描く。ロレンスにとって、愛は異性と同性の間を揺れうごきながらその両方を包摂し、共同体の問題とも繋がっていることがよく分かる。

　この未完の短篇の自筆原稿はカリフォルニア大学バークレー校図書館にあって、元々は無題である。便宜上、「自伝的断片《オートバイオグラフィカル・フラグメント》」という無愛想なタイトルを付けられることが多いが、ロレンス研究者キース・セイガーが作中の言葉から選んだ「人生の夢《ア・ドリーム・オヴ・ライフ》」というタイトルが内容に最もふさわしいと思われるので、それを本書でも採用した。

　なお、信頼できるはずのケンブリッジ大学出版局のロレンス全集に収録された「人生の夢」のテキスト編集がいい加減で、信じがたい誤りをいくつか含んでいるため、今回は、この自筆原稿に基づいて翻訳した。

「喜びの幽霊」（'Glad Ghosts' 一九二五年十二月執筆）は、霊が、霊性ではなく、むしろ生きた肉体性を寿ぐ、異色の幽霊譚である。ロレンスを思わせる語り手が、心霊主義にのめりこむ猛老母の支配下にあるお屋敷を、そこに住む若い友人たちと協力して、彼女の暗鬱な呪いから解放する。すると、物語の最後で、「スモモの花のよう」に香る喜びの幽霊が、語り手の元を訪れる。登場人物が多く、やや話の展開が混沌とするが、今を生きる肉体性の回復を祝福する幽霊の登場に至る後半部分は、心の深層を、詩的に、繊細に描いて、かぎりなく美しい。キリスト教に「霊的身体」という幾分ねじれた概念があるけれども、ロレンスはその種のねじれの伝統を面白い設定として生かすとともに、幻視的深淵に至るための矛盾レトリックとして活用し、忘れがたい物語を紡ぎ出した。

ロレンスにこの幽霊物語《ゴーストストーリー》の執筆を委嘱したのは、彼と親交のあった伯爵令嬢にして英国首相次男の妻レディ・シンシア・アスキスである。イギリスの上流階級が舞台になっているのは、そのせいもあるだろう。そして、幻視的情調を大胆に細やかに歌う後半と比べて、前半は、戦時社会を背景としたイギリス階級社会の風刺的な描写である。ユーモアをちりばめた隙のない構成という点では、後半部分よりも良くできているので、このような軽やかに舞いながら時に鋭く風刺の針を刺すロレンスの側面も楽しんでいただきたい。

「トビウオ」（'The Flying-Fish' 一九二五年三月執筆、未完）は、長年の海外放浪の後に帰郷を決意するイギリスの謎めいた名家の跡継ぎの物語である。「喜びの幽霊」と共通するのは、上流階級の旧家に伝えられる謎が話の展開の鍵となっていて、ある種の上流趣味が設定に含まれること。存在の神秘を幻視しようとする精神的エリート性と、名家という社会的エリート性が、物語の中で繋げられている。駆け落ちで結ばれたロレンスの妻フリーダがドイツ貴族の娘だったことも関係あるだろう。

一九二四年十一月からメキシコ南部オアハカ市に住んだロレンスは、二五年初頭に体調を悪化させ、三月にはレントゲン検査をして、結核の診断を受けた。「トビウオ」の創作は、その直後に、衰弱した体で、妻に口述筆記することではじまった。南メキシコでマラリアに臥せった語り手が、大西洋沿岸の町ベラ・クルスから乗船し、船の近くを伸び伸びと泳ぐトビウオやイルカの姿に生きる喜びを見て、みずからの再生を予感する作品の流れは、結核による重い体調不良から徐々に回復してゆく作者の人生を反映しているのだろう。

『ディ家の書』なる古文書の幻想的な設定があり、メキシコの町の悪夢的な描写があり、酒を求めて隣国キューバを訪れる禁酒法時代のアメリカ人の風刺的記述があり、先述した船客の飲み物をめぐる争いや船酔いのユーモラスな光景もあって、読者はその次々に入れ替わってゆくさまざまな記述モードを楽しんでいただきたい。そして、そのただ中に、海に泳ぐ生き物の姿を鮮やかに描くかがやかしい一節が、不意に立ち現れる。律動的な文体がトビウオやイルカたちの泳ぐ躍動感そのものを体現する。ここにロレンス文学の真髄がある。

「メルクール山上の神メルクリウス」（'Mercury'一九二六年七月執筆）は、南西ドイツのバーデン・バーデン市近郊の山メルクール山にケーブルカーで登る行楽客の少し滑稽な姿を活写したエッセイ風の短篇。だが、何も起こらずに事が終わることはない。急に山頂が嵐に襲われ、電光一閃、ケーブルカーの二人の運転者が命を落とした。一瞬の稲妻に照らし出された「かかとに火が燃え」た「裸で闊歩する男」とは古代ローマ神メルクリウスのことで、死亡事故も彼の仕業であることが仄《ほの》めかされる。栄華を誇るかに見える近代文明に、突如、古代の神が降りてきて、その忘れられた恐るべき破壊力を示す。その様を想像するのは、火山大国、地震大国に住む日本人には難しいことではないだろう。ロレンスのさまざまな作品に——たとえば「人生の夢」にも、「トビウオ」にも——現れる近代文明批判が、ここでは、古代神メルクリウスの瞬殺という形で表された。

「微笑み」（'Smile' 一九二五年十一月か十二月執筆）も、「メルクール山上の神メルクリウス」同様、「瞬間芸」的な掌篇と言うことができる。妻の死体を見て突然笑いがこみ上げてきて、それが伝染して広がってゆき、最後にはなんと……という話。寺田寅彦が「笑い」というエッセイで、変な時に笑いがこみ上げてきて困ると述懐しているが、たとえば、葬式のような厳かであるべき儀式で突然笑いがこみ上げてきて困ったということは、意外に多くの人が経験しているのではないだろうか。それは、いかなる状況の下でも喜びを求めてやまない生命力の発露である。悲劇を前にしたニーチェ的な笑いとも繋がる話だ。魅力的な三人の修道女が登場する、いささか強引で不謹慎なこの掌篇をお楽しみいただきたい。

「島を愛した男」（'The Man Who Loved Islands' 一九二六年六〜七月執筆）は、孤独癖と共同体建設の夢をあわせ持つ男が、夢の実行と挫折を繰り返すうちに徐々に追い詰められてゆく話だが、その追い詰められ方が実に面白く、一筋縄ではいかない趣がある。さまざまな味わいが含まれていて、格差社会の人間模様が風刺されたり、人間の営みを翻弄する悪意ある自然の怖さが不気味に描かれたりする。女性嫌いになり、人間嫌いになり、猫も、ヒツジも、ありとあらゆる生き物が嫌になって、自分の声にもショックを受けるという主人公の極端な引きこもりぶりには、笑うべきなのか、泣くべきなのか。歯車が狂って、雪に閉じこめられる冷え冷えとしたエンディングも忘れがたい。

作品のモデルに知人の作家で島に住むのを好んだコンプトン・マッケンジーがいて、彼の生き方を風刺した作品と言うこともできる。実際、マッケンジーはこの物語に激怒して、訴訟を起こすと息まいた。だが、ロレンス自身にも、孤独癖と同時に、「人生の夢」に出てくるようなユートピア建設の夢があり、「島を愛した男」は、ロレンス自身の自己風刺的側面が強いのではないかと思われる。孤独と繋がりはロレンスが一生追求した大問題だったが、彼には、快活で物まねが得意なひょうきんな面と、ひどく真面目になって自分の意見を主張する面があり、この短篇では、前者の明るいロレンスが後者の暗く真面目なロレンスを風刺しているようにも見える。

「もの」（'Things'一九二七年五月執筆）も、友人アール・ブルースター夫妻をモデルにして、芸術とお金と消費と物体との一見矛盾する関係を風刺的に描いた、意地の悪いコメディである。買い物好きには、身につまされる話だろう。「島を愛した男」と比べて、話の展開が直線的で速く、雑多な要素が少ない。よくまとまっているとも言えるし、小さくまとまってしまったとも言える。それぞれの作品の持ち味を楽しんでいただければありがたい。

冒頭頁に「ベサント夫人の神智学」という言い回しが出てくるが、これはイギリスの社会運動家アニー・ベサント（一八四七―一九三三）が、創始者ブラヴァツキー夫人がチベットで行者から学んだと主張する神智学の信奉者だったことへの言及で、胡散臭い神秘思想である神智学経由のインド思想のことを指している。

また、作中、いきなり、妻ヴァレリーが夫エラズムス・メルヴィルを「ディック」と呼ぶ箇所があるが、これは主人公夫妻の姓がメルヴィルであることから、アメリカの大作家ハーマン・メルヴィルの代表作『白鯨《モービー・ディック》』の「ディック」への言及と思われる。連想の遊びだろう。ロレンスは、『アメリカ古典文学研究《スタディズ・イン・クラシック・アメリカン・リテラチャー》』と題する破天荒な評論を書き、アメリカ文学の価値を発見した慧眼の批評家としても知られる。

「バヴァリア竜胆《りんどう》」（‘Bavarian Gentians’ 一九二九年秋執筆）は、次の「死の舟」とともに、結核が進行し死を覚悟したロレンスの最晩年を代表する傑作詩。この作品では、光と闇の常識的な二項対立が解体され、闇を冥界の光に見立てて、竜胆の花の暗い青さを、冥界の道案内役の松明《たいまつ》の炎と見る。

この暗青色の花の、闇の炎に導かれての、冥界くだり。下りてゆくのは、地の底の冥界であると同時に、人間意識の深みでもある。「喜びの幽霊」にも描かれたような、心の最深奥部での出来事が描かれる。同じ言葉の呪文のような反復の律動に身をまかせると、読者のまわりにも闇の気配が立ちこめて、冥界くだりのお供を余儀なくされるだろう。地下のはるか深いところで、竜胆の花の黒いかがやきに照らし出されて、冥界の王と王妃が交合する。死とエロスと叡智が交わる幻視的な瞑想詩である。

「死の舟」（'The Ship of Death' 一九二九年秋執筆）も同時期に書かれた名詩。ただ、濃縮された呪文のような「バヴァリア竜胆」と異なり、「死の舟」は死と忘却の航海を経て再生に至るというストーリーを持つ。

ロレンスは、一九二七年四月に、「もの」のモデルになった友人アール・ブルースターと、ローマ近郊の古代エトルリア遺跡を訪れ、暴力的な西洋近代文明とは異なるオルタナティヴな文明のあり方を夢想した。その影響は、短篇「人生の夢」にも、長篇『チャタレー夫人の恋人』にも見られるが、その一部が「死の舟」に結実した。

ロレンスは、古代エトルリアの墳墓には、死者を来世に運ぶ死の舟があったと言う。それが、古代エジプトの葬送船や聖書に出てくるノアの方舟《はこぶね》のイメージと結びついて、みずからの死を迎えるための「死の舟」を歌う作品が誕生する。目の前にある死を見つめながら、自我を捨て、「死の舟」を作り、死の流れの中にすすんで漕ぎ出すことの大切さを説く。仏教で言えば「放下《ほうげ》」ということになるのだろうか、一切を捨てて、漆黒の闇に包まれた死の流れに身をゆだねる「忘却《オブリヴィヨン》」の旅が重視され、そのために必要な美徳——勇気、心のしずけさ、信じること——が語られる。人生最後の祈りのような瞑想詩だ。

さて、これらの作品を訳しながら、短篇こそ格好のロレンス文学入門ではないかという思いを強くした。ロレンスの長篇小説は、内容的にはすばらしくても、今の読者にとっては長大で、濃密な表現に満ちていて、気楽に読める代物ではない。短篇小説や詩のほうが、彼の文学の最も美しい部分に近づきやすいのではないか、と思うようになった。「人生の夢」「喜びの幽霊」「トビウオ」のような美しい幻視的瞬間を持つ作品から入るのもよし、「メルクール山上の神メルクリウス」「微笑み」のような突発的な事件を軸にした掌篇から入るもよし、「島を愛した男」や「もの」のような風刺に重きを置く作品から入るもよし。あるいは、最後に置いた二篇のような幻視的瞑想詩に最も波長が合うという読者もいるだろう。いずれにせよ、本書で、ロレンスの魅力の一端に触れたと思ったら、次は、ぜひ、彼の長篇小説に挑戦してもらいたい。有名作『チャタレー夫人の恋人』（ちくま文庫）を読むのもよし、最も芸術的に充実した自伝小説『息子と恋人』（共訳、ちくま文庫、近刊）を読むもよし。あるいは、真面目なロレンスではなく、ロレンスの喜劇的側面が気に入ったのであれば、長篇小説は避けて、夫婦喧嘩を交えながらの地中海の島旅を活写した紀行文『海とサルデーニャ』（晶文社、以上いずれも拙訳）に進むもよし。他に、D・H・ロレンス短篇小説全集（全五巻、大阪教育図書）があることも言い添えておこう。

なお、翻訳にあたっては、先に自筆原稿の使用を述べた「人生の夢」を除き、それぞれ以下のテキストを用いた。

「喜びの幽霊」「微笑み」「島を愛した男」

D. H. Lawrence, *The Woman Who Rode Away and Other Stories*, Cambridge University Press, 1995.

「トビウオ」

——, *St. Mawr and Other Stories*, Cambridge University Press, 1983.
「メルクール山上の神メルクリウス」
——, *Late Essays and Articles*, Cambridge University Press, 2004.
「もの」
——, *The Virgin and the Gypsy and Other Stories*, Cambridge University Press, 2005.
「バヴァリア竜胆」「死の舟」
——, *The Poems*, Vol.I, Cambridge University Press, 2013.

翻訳を進める上で、いつもながら、多くの方のお世話になった。英語について不明な箇所はジェームズ・レイサイドさんに、フランス語については朝吹亮二さんに、それぞれご教示いただいた。今、『息子と恋人』を一緒に訳している小野寺健先生と、D・H・ロレンスの魅力をお教えいただいた故海野厚志先生の学恩は、忘れられない。編集担当の竹内涼子さんとは、前著『ビートルズは音楽を超える』につづいて、とても楽しく仕事させていただいた。皆さん、本当にありがとうございました。

本訳は、世界で一番美しい花に捧げられる。

平凡社ライブラリー　832

D. H. ロレンス幻視譚集《げんしたんしゅう》

発行日…………2015年9月10日　初版第1刷

著者……………D. H. ロレンス
編訳者…………武藤浩史
発行者…………西田裕一
発行所…………株式会社平凡社
〒101-0051　東京都千代田区神田神保町3-29
電話　東京(03)3230-6579[編集]
東京(03)3230-6572[営業]
振替　00180-0-29639

印刷・製本……株式会社東京印書館
DTP…………平凡社制作
装幀……………中垣信夫

ISBN978-4-582-76832-9
NDC分類番号933.7
B6変型判（16.0cm）　総ページ312

平凡社ホームページ　http://www.heibonsha.co.jp/

平凡社ライブラリー　既刊より

オスカー・ワイルドほか……ゲイ短編小説集
ヴァージニア・ウルフ ほか……［新装版］レズビアン短編小説集——女たちの時間
ルイス・キャロル……少女への手紙
ジョナサン・スウィフト……召使心得 他四篇——スウィフト諷刺論集
ジョン・クリーランド……ファニー・ヒル——快楽の女の回想
ウィリアム・モリス……サンダリング・フラッド——若き戦士のロマンス
アーサー・シモンズ……エスター・カーン——アーサー・シモンズ短篇集『心の冒険』より
エドワード・W・サイード……知識人とは何か
T・イーグルトン……イデオロギーとは何か
ジョーン・W・スコット……［増補新版］ジェンダーと歴史学
G・C・スピヴァク……デリダ論——『グラマトロジーについて』英訳版序文
F・ジェイムソン……政治的無意識——社会的象徴行為としての物語
レイモンド・ウィリアムズ……［完訳］キーワード辞典
R・カーソン……海辺——生命のふるさと
ジャン＝アンリ・ファーブル……ファーブル植物記 上・下
A・ハクスリー……知覚の扉